아이네이스

일러두기

• 이 책은 Virgil, 『*The Aeneid*』(Project Gutenberg, 2008)를 참고했습니다.

베르길리우스 지음

살림

베르길리우스

베르길리우스 흉상. 이탈리아 나폴리 베르길리우스의 무덤에 있는 고대 로마 시대 작품.

『전원시 *Eclogae***』**

5세기에 채색 필사본으로 제작된 베르길리우스의 작품 모음집 『베르길리우스 로마누스(*Vergilius Romanus*)』 중 『전원시(田園詩, *Eclogae*)』의 첫 부분. 베르길리우스는 『아이네이스』 이전에 『전원시』와 『농경시(農耕詩, *Georgica*)』를 써서 유명해졌다. 이때 아우구스투스 황제의 측근인 정치가 마이케나스의 적극적인 후원을 받으며 작품 활동을 했다. 『전원시』는 목가적인 전원생활을 노래하는데, 그리스의 아르카디아(**Arcadia**)를 배경으로 삼은 시들이 포함되어 있어 훗날 아르카디아가 '이상향'을 뜻하는 말로 굳어지는 원천이 되었다. 또 황금시대를 이끌 한 아이의 탄생을 노래한 시는 중세 시대에 아기 예수의 탄생을 예언한 것으로 여겨져 베르길리우스와 그의 작품이 숭배받는 데 큰 역할을 했다.

「아우구스투스, 옥타비아, 리비아에게 『아이네이스』를 읽어주는 베르길리우스
Virgil Reading the Aeneid to Augustus, Octavia, and Livia」

프랑스 화가 장 바티스트 위카르의 1790~1793년 작품. 아우구스투스 황제의 여동생 옥타비아가 이야기를 듣던 도중 어린 나이에 죽은 자기 아들에 대한 대목이 나오자 너무 슬퍼 기절하는 장면을 묘사했다. 베르길리우스는 로마를 위해 로마 건국의 역사를 다룬 서사시를 써보라는 아우구스투스 황제의 권유로 『아이네이스』를 쓰기 시작했다. 집필 11년째에도 완성을 하지 못하자 배경이 되는 그리스로 답사 여행을 떠나지만 열병에 걸려 돌아오자마자 죽고 만다. 여행을 떠나기 전 그는 자신에게 무슨 일이 생기면 미완성 원고를 불태워달라고 친구에게 부탁했다. 그러나 아우구스투스 황제는 그의 유언을 무시하고 원고를 그대로 살려내어 오늘날까지 이 작품이 전할 수 있게 했다.

『베르길리우스 로마누스 *Vergilius Romanus*』

『아이네이스』와 『농경시』 그리고 『전원시』의 일부가 수록된 『베르길리우스 로마누스』 속에 실린 베르길리우스의 초상화와 전원생활 풍경. 『베르길리우스 로마누스』는 『베르길리우스 바티카누스(*Vergilius Vaticanus*)』와 함께 현존하는 가장 오래된 3대 채색 필사본에 속한다. 또 한 작품은 호메로스의 『암브로시안 일리아스(*Ambrosian Iliad*)』로, 모두 5세기에 제작되었다. 『베르길리우스 바티카누스』에는 『아이네이스』와 『농경시』의 일부가 수록되어 있다. 베르길리우스의 작품들은 고대 라틴문학에 혁명을 일으킨 것으로 평가받으며 로마 시대 교육과정에서 표준 교과서가 되었다.

아버지 안키세스와 아들 아스카니우스를 데리고 트로이를 탈출하는 아이네이아스

폼페이에서 발견된 1세기 테라코타 작품. 『아이네이스』의 핵심 주제 중 하나인 '피에타스(pietas)'를 잘 보여준다. 피에타스는 '의무' '효성' '충성' '신앙' 등을 뜻하는 라틴어로 '가족과 국가와 신에 대한 의무'를 가리킨다. 아이네이아스는 신의 뜻을 충실히 받들어 온갖 고난을 견디고 이겨내면서 가족과 동료를 돌보고 새로운 나라 로마를 건설하기에 이른다. 이 때문에 중세 기독교 사회에서도 신앙심 깊은 인물, 심지어 『성경』 속 이스라엘 선지자와 같은 인물로 여겨져 높이 추앙받았으며, 베르길리우스의 작품들 또한 변함없는 인기를 누렸다.

「바구니 속에 든 채 매달린 베르길리우스 Virgil Suspended in a Basket」

네덜란드 판화가 뤼카스 판레이던의 1525년 판화 작품. 베르길리우스가 밤에 자기 집 창문으로 올라오라는 한 아가씨에게 속아 바구니를 탄 채 다음 날까지 매달려 있다가 사람들의 웃음거리가 되었다는 전설을 묘사했다. 남성을 매혹하는 여성의 막강한 힘을 일깨우는 이야기다. 이처럼 베르길리우스의 명성은 다방면으로 번져나갔는데, 심지어 그는 중세 시대 전 유럽에서 마법과 예언의 능력을 지닌 마법사로 여겨지기도 했다. 이와 더불어 베르길리우스의 작품 속 구절을 이용하여 점을 치는 풍습이 널리 유행했다.

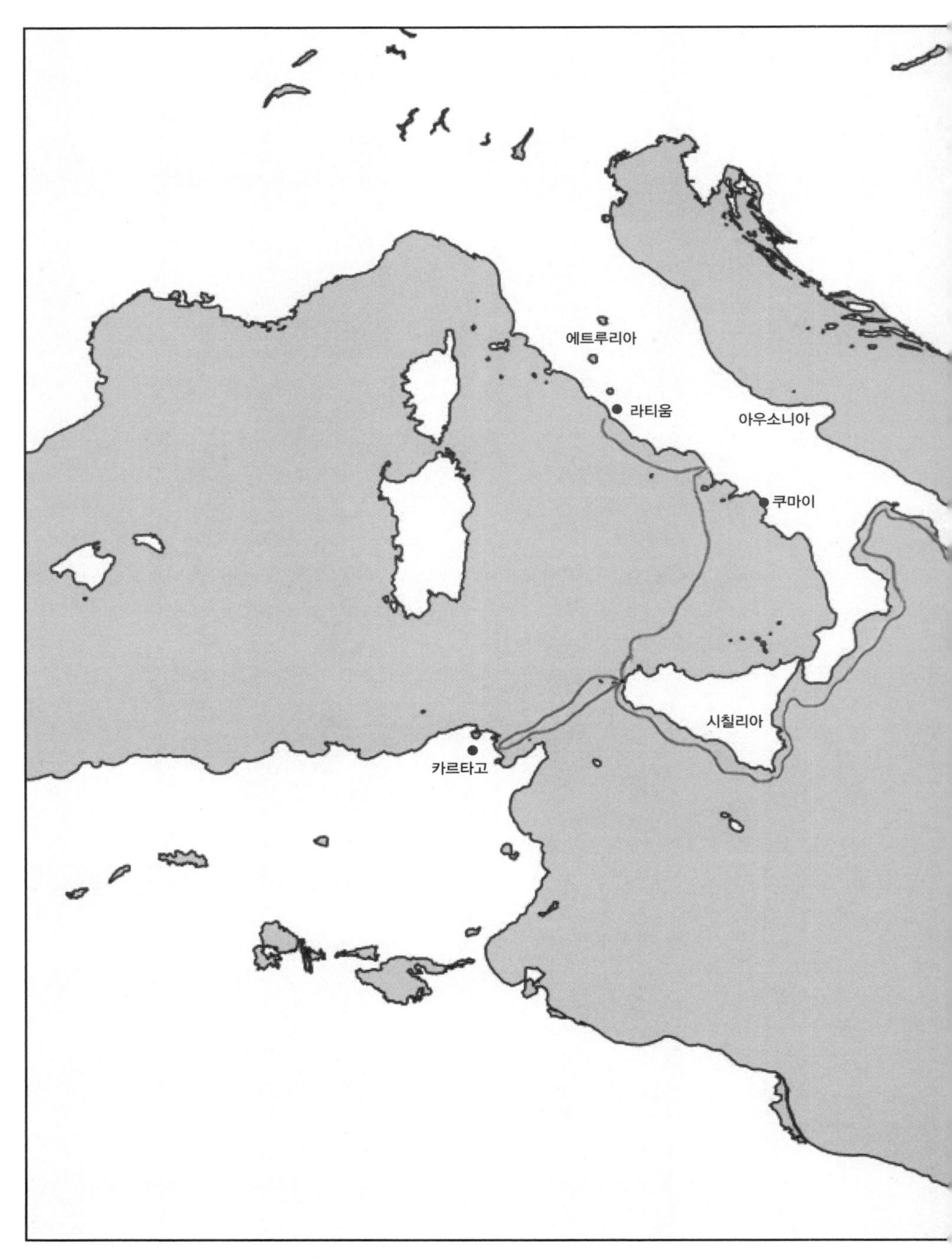

아이네이아스의 트로이에서 라티움까지 여정

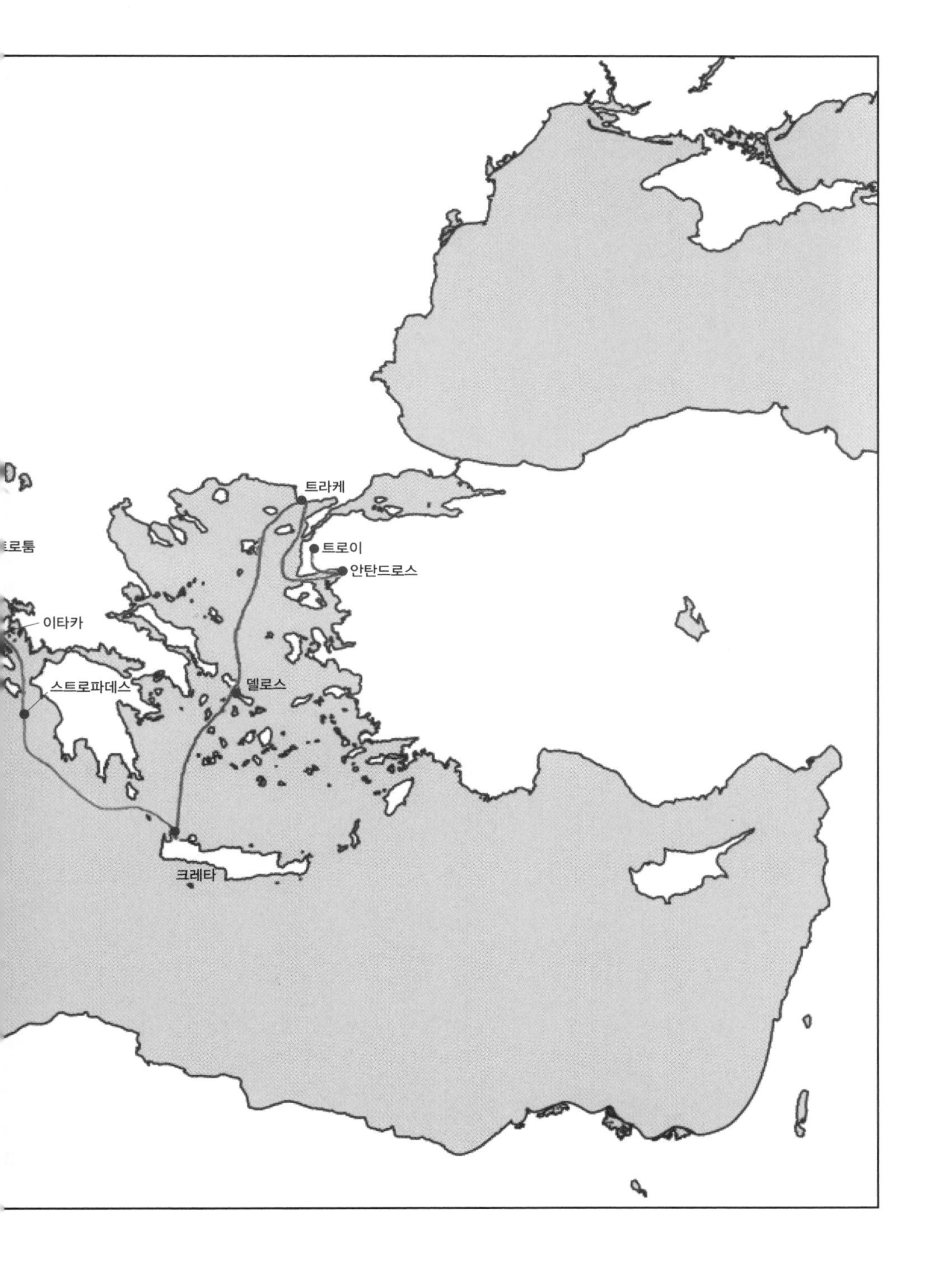
트라케
트로이
안탄드로스
이타카
스트로파데스
델로스
크레타

아이네이스 차례

그리스와 로마 신들 이름 비교

그리스어 이름	라틴어 이름	영어 이름
제우스 Zeus	유피테르 Iupiter	주피터 Jupiter
헤라 Hera	유노 Iuno	주노 Juno
포세이돈 Poseidon	넵투누스 Neptunus	넵튠 Neptune
하데스 Hades	플루톤 Pluton	플루토 Pluto
아폴론 Apollon	아폴로 Apollo	어팔로 Apollo
아테나 Athena	미네르바 Minerva	어시너 Athena
아프로디테 Aphrodite	베누스 Venus	비너스 Venus
데메테르 Demeter	케레스 Ceres	시어리스 Ceres
헤르메스 Hermes	메르쿠리우스 Mercurius	머큐리 Mercury
헤파이스토스 Hephaestos	불카누스 Vulcanus	벌컨 Vulcan
아르테미스 Artemis	디아나 Diana	다이애나 Diana
아레스 Ares	마르스 Mars	에어리스 Ares
디오니소스 Dionysus	바쿠스 Bacchus	바커스 Bacchus
에로스 Eros	쿠피도 Cupido	큐피드 Cupid

• 『아이네이스』는 라틴어 작품이지만 혼란을 피하기 위해 신들 이름을 그리스어로 표기했습니다.

카르타고에 도착하다

멸망한 조국 트로이를 뒤로하고 아이네이아스는 아버지 안키세스와 함께 그를 따르는 무리들을 이끌고 바다로 탈출했다. 트로이 민족의 재건을 위해 새로운 땅을 찾아 나선 것이다. 그들은 온갖 고초를 다 겪은 후에 아프리카의 카르타고 해안 가까이 올 수 있었다.

그러나 헤라 여신은 그들이 무사히 해안에 상륙하도록 내버려두지 않았다. 저 파리스의 심판 사건에서 그녀는 얼마나 큰 모욕을 느꼈던가!

'감히 나와 아테나와 아프로디테 중에서 아프로디테에게 사과를 주다니! 아프로디테의 아들 아이네이아스에게 반드시 시련을 안겨주고 말 테다!'

여신의 질투와 복수심은 그토록 집요하고 강렬했다. 과연 아이네이아스는 이 고난을 이겨내고 새로운 땅을 찾아 정착할 수 있을까?

더욱이 헤라 여신은 그 어느 도시보다 카르타고를 사랑했다. 그런데 운명의 여신들이 예언하지 않았던가, 언젠가는 트로이인들이 카르타고에 파멸을 가져오리라고!

'저들이 카르타고에 파멸을 가져오는 걸 가만 보고 있지 않을 거야! 저들이 이탈리아로 가서 새로운 나라를 건설하는 걸 막고 말겠어!'

아이네이아스 일행이 시칠리아를 거쳐 카르타고로 향했을 때 헤라 여신은 바람의 신 아이올로스가 살고 있는 아이올리아로 갔다. 헤라가 아이올로스에게 요청했다.

"아이올로스, 신들의 아버지께서 그대에게 바람으로 파도를 일으키고 가라앉히는 능력을 주시지 않았나요! 부탁하는데 바람을 일으켜 저 트로이의 병사들이 타고 있는 함선을 뒤집어 가라앉히고 그들의 시신을 바다에 뿌려줘요! 그러면 나의 요정 24명 중에서 가장 예쁜 요정을 그대에게 선물로 줄게요."

헤라의 요청을 받아들인 아이올로스는 가두어놓고 있던 사나운 바람들을 풀어놓았다. 그러자 거센 바람들이 터져 나오면서 한꺼번에 북아프리카 바다를 덮쳤다. 갑자기 천둥이 치고 사나운 폭풍우가 불어오자 공포에 질린 아이네이아스는 하늘을 향해 두 팔을 벌리고 울부짖었다.

"아, 얼마나 행복할까, 트로이 전쟁터에서 죽어갈 운명을 타고났던 사람들은! 나는 왜 디오메데스의 창에 죽지 못하고 이렇게 살아남은 걸까! 왜 헥토르처럼 장렬히 아킬레우스에게 죽지 못하고 이렇게 허망하게 죽음을 맞게 되었을까!"

그사이에도 바람은 사정없이 몰아쳤다. 함선의 돛대가 두 동강 났다. 집채 같은 파도가 배를 덮쳤다. 배는 소용돌이 속에 빠진 가랑잎처럼 맴돌며 내동댕이쳐졌다. 배에 탄 모든 이들이 배 위를 이리저리 굴러다녔고, 함대는 뿔뿔이 흩어졌다.

아이네이아스의 함대가 온 바다 위에 흩어져 파도에 휩쓸리는 모습을 바다의 신 포세이돈이 보았다. 그것이 헤라의 짓임을 알았다. 포세이돈은 동풍과 서풍을 불러서 꾸짖었다.

"너희는 도대체 누구를 믿고 이렇게 날뛰는 것이냐! 내 승낙도 없이 감히 하늘과 땅을 뒤엎고, 산더미 같은 파도를 일으켰단 말이냐? 빨리 너희 신에게 가서 전해라. 바다를 다스리는 삼지창은 너희 신의 것이 아니라 바로 나의 것이라고!"

그렇게 말한 후 포세이돈은 사나운 바람이 일던 바다를 진정시키고 구름을 흩어 밝은 해가 다시 나타나게 했다. 격렬한 폭동에 휩싸여 있던 군중들을 뛰어난 인격과 기품을 가진 사람이 진정시켜 조용히 그의 말에 귀 기울이게 하듯이, 바다의 신이 바다를 응시하자 천지는 한순간에 조용해졌다.

녹초가 된 아이네이아스 일행은 겨우 리비아 해안에 상륙할 수 있었다. 그들은 그토록 고대하던 모래를 밟으며 소금물에 전 몸을 바닷가에 뉘었다. 그리고 불을 피웠다. 아이네이아스는 혹시 아직 바다 위를 떠도는 자신의 백성들이 있는지 살피려고 바위 위로 기어 올라갔다. 폭풍우에 휩쓸려 사라진 함선들이 있었던 것이다. 그때 한 무리의 사슴 떼가 그의 눈에 띄었다. 그는 함선 한 대에 한 마리씩 돌아갈 수 있도록 모두 7마리의 사슴을 활을 쏘아 잡았다. 그러고는 포구로 돌아가 동료들에게 나누어주었다. 그는 사람들을 모아놓고 말했다.

"여러분, 우리는 전에 이보다 더한 어려움을 겪었소. 스킬라의 손아귀에서 벗어났으며 키클롭스의 바위 동굴도 무사히 빠져나왔소. 자, 우리의 목적지 라티움을 향해 용기를 내서 계속 갑시다. 그곳에 제2의 트로이를 세우는 것이 신께서 우리에게 내리신 운명이오."

그의 말에 트로이인들은 마음을 추스르며 잡아 온 짐승들과 포도주로 잔치를 벌였다. 포도주는 항해 도중 잠시 정박했던 시칠리아의 왕 아케스테스가 그들과 작별하면서 준 선물이었다.

그들이 지친 몸과 마음을 달래며 식사를 하던 그때, 올림포스 산정에서 제우스가 그들을 굽어보고 있었다. 아프로디테가 눈물을 글썽이며 제우스에게 말했다.

"인간들과 신들을 영원히 다스리시는 제우스 님! 제 아들 아이네이아스와 트로이인들이 당신께 무슨 큰 잘못을 저질렀기에 이토록 수많은 죽음의 고비를 맞게 하시는 건가요? 어째서 그들이 이탈리아에 닿지 못하도록 온 세상을 닫아놓으신 건가요? 당신께서는 이미 약속하지 않으셨나요? 트로이인들의 혈통에서 지도자들이 태어나 바다와 온 땅을 다스리게 될 것이라고! 저들의 시련은 언제 끝내실 건가요? 언젠가 하늘에 오를 운명을 지니고 태어난 제 아들이 단 한 분의 노여움 때문에 저렇게 시련을 겪어도 되는 건가요?"

제우스가 부드러운 미소를 지으며 딸에게 가볍게 입맞춤한 후 말했다.

"두려워 마라, 아프로디테! 네 백성의 운명에는 변함이 없다.

아이네이아스는 무사히 이탈리아에 도착한다. 그는 다른 부족들을 정복하고 라티움에 성벽을 쌓게 될 거야. 그는 세 번의 여름을 맞이하며 그곳을 다스릴 것이다. 또한 그는 투르누스가 통치하는 루툴리족을 정복한 뒤 거기에서 다시 세 번의 겨울을 나게 될 거야. 이어서 그의 아들 아스카니우스가 30년 동안 그곳을 다스리다 라비니움에서 알바롱가로 수도를 옮길 것이다. 그곳을 헥토르의 종족이 300년 동안 통치할 것이다. 그리고 여왕이자 여사제인 트로이의 어머니 레아 실비아가 전쟁의 신 아레스의 아이들을 잉태하여 쌍둥이를 낳을 것이다. 그 쌍둥이 중 늑대의 젖을 먹고 자란 로물루스가 그곳을 다스리며 백성들을 자신의 이름을 따서 로마인이라 부를 것이다. 그리고 세월이 흘러 트로이 혈통의 아우구스투스가 태어날 것이니, 그가 제국의 이름을 사해에 떨칠 것이다."

말을 마친 제우스는 전령의 신 헤르메스를 카르타고의 여왕 디도에게 보냈다. 아이네이아스 일행을 내쫓지 말고 환대하라는 신의 명령을 전하기 위해서였다. 헤르메스는 날개를 저어 금세 리비아 해안에 도착해 카르타고인들에게 신의 뜻을 전했다. 그러자 카르타고인들은 트로이인들에 대한 적개심을 버렸고, 특히 디도 여왕은 그들에게 호의를 품었다.

아이네이아스는 밤새도록 이런저런 생각을 하다가 햇빛이 비치자마자 낯선 곳을 살피러 나갔다. 무엇보다 이곳에 누가 살고 있는지 궁금했다. 그는 창 두 자루를 손에 들고 자신이 가장 신뢰하는 동료 아카테스 한 명만 데리고 출발했다. 숲으로 들어선 그는 그곳에서 낯선 젊은 여인을 발견했다. 손에 사냥용 무기를 들고 야만족 차림을 한 그녀는 실은 아이네이아스의 어머니 아프로디테였다. 그녀가 말을 건넸다.

"이봐요, 젊은이들, 혹시 우리 언니들 가운데 한 명을 못 봤나요? 멧돼지를 쫓아 이리로 왔는데 어디로 갔는지 사라져버렸어요."

그러자 아프로디테의 아들이 말했다.

"당신 언니는 못 봤어요. 그런데 아가씨, 대체 당신을 어떻게 불러야 하죠? 당신 얼굴도 목소리도 인간의 것이 아니군요. 당신은 여신임에 틀림없습니다. 우리가 지금 어디에 있는지, 이 땅에는 누가 살고 있는지 제발 우리에게 알려주십시오. 그렇게 해주시면 우리는 당신 제단 앞에 수많은 제물을 바치겠습니다."

"여신이라뇨? 무슨 당치않은 소리를! 하지만 여기가 어디인지는 알려줄게요. 이곳은 카르타고예요. 리비아 땅에 둘러싸여 있는 도시죠. 리비아에 살고 있는 부족들은 싸움을 정말 잘한

답니다. 전쟁에서 천하무적이죠. 이곳 카르타고를 통치하고 있는 사람은 디도 여왕이에요. 그녀가 어떤 수모를 받고 여기까지 오게 되었는지 다 이야기하자면 정말 길어요. 요점만 이야기할게요.

그녀는 원래 페니키아 티로스의 공주였지요. 그녀의 아버지는 그녀를 그 도시에서 가장 부자인 시카이우스에게 시집보냈어요. 아버지가 죽자 그녀의 오빠인 피그말리온이 왕이 되었는데 그는 정말 천하의 악당이었어요. 그는 황금에 눈이 멀어 시카이우스를 몰래 죽였어요. 재산을 가로채려 한 거지요. 피그말리온은 그 사실을 디도에게는 감쪽같이 숨기고 시카이우스가 감춘 황금을 찾는 데 혈안이 되었답니다. 그런데 디도의 꿈에 남편 시카이우스가 나타나서 사실을 다 말해주었지요. 물론 금괴와 은괴를 어디에 감추었는지도 알려주었고요. 디도는 충격을 받았지만 침착하게 함께 도주할 친구들을 모았답니다. 피그말리온이 워낙 악당이라서 그를 미워하거나 무서워하는 사람들이 많았어요. 그들이 모두 디도에게 모였어요. 디도는 가져온 황금으로 이 땅을 사서 도시를 만들기 시작하고 있는 거랍니다."

말을 마친 후 아프로디테 여신은 시치미를 뚝 떼고 물었다.

"그런데 당신들은 누구인가요? 어디서 와서 어디로 가는 길인가요?"

그러자 아이네이아스는 한숨을 내쉬면서 트로이 전쟁 이야기를 했다. 그리고 그들이 이곳까지 오는 도중 얼마나 많은 고통을 겪었는지 비탄에 젖은 목소리로 털어놓기 시작했다. 마치 수많은 고생을 하고 집으로 돌아온 아들이 어머니 품에 안겨 그간에 겪은 일들을 털어놓는 것 같았다. 아프로디테는 비통해하는 아들의 모습을 보자 가슴이 아팠다. 그녀는 그의 말을 도중에 끊고 말했다.

"당신이 누구건, 진정으로 신의 미움을 받았다면 지금껏 살아 있을 수도 없었을 거예요. 여기 티로스인들의 도시에도 올 수 없었을 거고요. 신께서 당신을 버리지 않은 거예요. 자, 빨리 여왕의 궁전으로 가요. 폭풍우에 잃은 당신 함대와 동료들도 모두 무사히 돌아와 있을 거예요."

이렇게 말하고 그녀는 돌아서서 길을 가기 시작했다. 뒤에서 보니 그녀의 장밋빛 목덜미가 훤히 드러나고 머리에서는 신들이 쓰는 향수 냄새가 났다. 그리고 그녀의 발걸음은 영락없는 여신의 발걸음이었다. 아이네이아스는 그녀가 어머니임을 알아보았다. 그는 달아나는 그녀의 뒤를 쫓으며 말했다.

"어머니는 왜 이토록 잔인하신가요? 어째서 이렇게 자주 위장을 하시고 나타나서 당신 아들을 웃음거리로 만드십니까? 왜 우리는 다정하게 손잡고 이야기를 나누면 안 되는 겁니까?"

하지만 여신은 뒤도 돌아보지 않고 멀어졌다. 아이네이아스는 아카테스와 함께 성 쪽으로 걸음을 옮겼다. 아프로디테 여신은 그들을 짙은 안개로 감싼 후 자신의 신전으로 가버렸다. 아무도 그들을 볼 수 없게 보호해준 것이다.

그들은 서둘러 길을 재촉해 이윽고 성채가 내려다보이는 산에 올랐다. 아이네이아스는 그곳에서 도시를 내려다보고 깜짝 놀랐다. 유목민의 천막밖에 없으리라 생각했던 그곳에 거대한 도시가 자리 잡고 있었으며, 티로스인들이 마치 꿀벌처럼 열심히 일하고 있었던 것이다. 성곽을 짓는 이들도 있었고 항만을 파는 이들도 있었으며 극장 터를 닦는 이들도 있었다.

아이네이아스와 아카테스는 곧 도시로 들어가 그들 사이에 섞였다. 하지만 아프로디테가 짙은 안개로 감추어주었기에 그 누구의 눈에도 띄지 않았다.

그들은 도심에 자리 잡고 있는 신전으로 들어갔다. 여왕이 언젠가는 그곳에 나타나리라고 믿었기 때문이었다. 신전으로 들어간 아이네이아스는 깜짝 놀랐다. 트로이 전쟁의 전투 장면을 묘사한 그림들이 신전을 가득 채우고 있었던 것이다. 그는 아카테스에게 말했다,

"보게, 이 그림들을! 우리가 받은 고통이 이렇게 널리 알려져 있어! 저기 우리의 프리아모스 왕을 좀 봐! 이 세상 어디에서건, 우리가 세운 공적은 보답을 받고 우리의 운명은 사람들을 감동시키고 우리의 고통은 사람들을 눈물 흘리게 만드는군! 자, 우리 두려움을 떨쳐버리세. 우리가 누구인지, 어떤 일을 겪은 사람들인지 여기서도 다 알려져 있으니 우리를 무조건 해치려하지는 않을 거야."

아이네이아스가 놀라며 그림들을 보고 있는 사이에 아름다운 여왕 디도가 수많은 젊은이들을 거느리고 신전으로 들어섰다. 그녀는 미래의 왕국을 건설하기 위한 작업을 독려하려고 여기저기 바삐 다니는 중이었다. 디도는 신전으로 들어오자 이런저런 작업을 지시하기 시작했다. 그런데 디도에 뒤이어 신전으로 들어서는 한 무리의 사람들을 보고 아이네이아스는 깜짝 놀랐다. 그들은 바로 폭풍에 떠밀려 뿔뿔이 흩어졌던 트로이인 일행이었다! 아이네이아스는 반가운 마음에 당장 달려가 손이라도 잡고 싶었지만 그들이 무엇 하러 이곳에 왔는지 궁금해서

가만히 있었다.

아이네이아스의 동료들은 안으로 들어와 여왕을 뵙기를 청했고 곧 여왕 앞으로 불려 갔다. 그중 가장 나이 많은 일리오네스가 침착하게 말했다.

“여왕님! 제우스께서는 당신이 새 도시를 세워 오만한 자들을 응징하도록 허락하셨습니다. 신의 축복을 받으신 여왕님, 저희의 말을 들어주십시오. 저희는 트로이인들입니다. 폭풍을 만나 바다란 바다는 다 떠돌아다니다가 이렇게 여왕님 앞에까지 오게 되었습니다. 저희는 결코 노략질을 하기 위해 이곳에 온 것이 아닙니다. 저희의 목적지는 이탈리아입니다. 그런데 폭풍을 만나 이곳 해안으로 떠밀려오고 만 것입니다. 저희는 스스로 정의로운 사람들이라 자부하고 있습니다. 그런데 이곳 사람들은 저희에게 싸움을 걸며 접근조차 허용하지 않았습니다.

우리의 왕은 아이네이아스였습니다. 그분보다 정의롭고 경건하며 용감한 분은 아무도 없습니다. 아, 그분이 신의 은총으로 아직 살아 계시기를……. 만일 그분이 살아 계신다면 저희는 다시 힘을 내서 이탈리아로 향할 것입니다. 그러니 제발 은총을 베푸셔서 왕비님 나라의 숲에서 나무를 베어 배를 수리하고 노를 만들 수 있게 허락해주십시오.”

그러자 여왕이 대답했다.

“여러분, 아무 걱정 말아요. 우리가 당신들을 경계했던 건 우리가 지금 새 나라를 세우는 일에 몰두해 있기 때문이에요. 나라를 새로 세우면서 사방에 경계병을 배치하는 것은 당연한 일 아닌가요? 나는 트로이에 대해 잘 알고 있어요. 트로이 용사들의 용맹스러움과 도시를 삼킨 그 끔찍했던 불길에 대해 모르는 사람이 어디 있겠어요? 당신들이 목적지에 도착할 수 있도록 호위해주고 필요한 식량도 충분히 줄게요. 만일 당신들이 여기 정착하기를 원한다면 우리 티로스인들과 어떤 차별도 두지 않고 동등하게 대할 거예요. 아, 당신들의 왕 아이네이아스도 당신들처럼 바람에 밀려 이곳으로 왔으면 좋았을 텐데!”

여왕의 말을 듣자 아이네이아스는 안개를 걷어내고 모습을 드러내고 싶었다. 그러자 거짓말같이 안개가 걷혔다. 멀리 자신의 신전에서 그 광경을 보고 있던 아프로디테 여신이 안개를 걷어간 것이다.

사람들 앞에 갑자기 아이네이아스와 아카테스의 모습이 나타났다. 모두들 깜짝 놀랐다. 아이네이아스의 모습은 마치 신처럼 당당했다. 그의 어머니가 그의 머리카락에 우아함을, 그의 두 눈에 빛나는 광채를, 그의 온몸에 청춘의 싱싱한 빛을 주었기 때문이었다. 그가 말했다.

“트로이 전사 여러분, 그대들이 찾는 사람이 바로 그대들 앞에 있소. 여왕님, 내가 바로 아이네이아스입니다. 당신이 나를 기꺼이 도와준다면 후세에 그 이름을 크게 날리게 될 것입니다.”

디도는 더없이 고결한 그의 외모에 크게 놀랐다. 그녀가 말했다.

“여신의 아드님! 당신이 정말 안키세스의 아들 아이네이아스란 말인가요? 대체 어떤 가혹한 운명이 당신을 이곳까지 데려온 건가요? 자, 내 흔쾌히 당신들을 맞겠어요. 나도 당신 못지않은 험난한 고난을 겪었죠. 불행을 겪은 사람만이 불행한 사람의 마음을 아는 법이에요. 기꺼이 당신들을 돕겠어요.”

디도의 궁전에서는 곧 잔치 준비가 진행되었다. 디도는 바닷가에 남은 아이네이아스의 동료들에게 황소 20마리와 살찐 돼지와 살찐 양 100마리씩을 선물로 보냈다. 한편 아이네이아스는 아카테스를 급히 함선으로 보내 아들 아스카니우스를 데려오라고 했다. 아울러 트로이의 폐허에서 건져낸 선물들도 가져오게 했다. 헬레네가 입었던 아름다운 옷들과 프리아모스의 딸이 걸치고 다녔던 예쁜 장신구들이었다. 디도 여왕을 비롯한 이곳 사람들에게 선물로 주기 위해서였다.

한편 아프로디테는 새로운 계획을 꾸미고 있었다. 그녀는 티로스인들을 끝까지 믿을 수 없었다. 게다가 헤라의 분노가 아직 가라앉지 않았으니 안심할 수 없었다. 그녀는 어린 소년의 모습을 하고 있는 사랑의 신 에로스를 불러서 말했다.

"내 아들, 너는 내 힘이며 능력이야. 너만이 아버지 제우스님께서 내리시는 벼락을 꺾을 수 있어. 자, 나를 위해 그 힘을 발휘해다오. 네 동생 아이네이아스가 지금 곤경에 처해 있어. 헤라 여신이 어떤 음모를 꾸며 네 동생을 파멸로 몰고 가려 하는지 나도 알 수가 없구나. 내가 먼저 손을 써서 여신의 음모를 꺾어놔야 해. 그러니 사랑하는 내 아들아, 나를 도와다오.

내가 가장 아끼는 어린 아스카니우스를 잠시 숨겨놓을 작정이란다. 그사이 네가 딱 하룻밤만 그 애 모습을 하고 있으렴. 포도주를 마시고 기분이 좋아진 디도가 너를 무릎에 앉히고 꼭 껴안으며 입을 맞추거든 그녀에게 은밀히 사랑의 불과 독을 불어넣도록 해."

에로스는 사랑하는 어머니의 말씀에 순종했다. 그는 아이네이아스의 아들 아스카니우스의 모습으로 변신한 후 아카테스에게 갔다. 아프로디테는 아스카니우스를 아늑한 잠으로 이끈 다음 가슴에 품고 높은 산으로 데리고 갔다.

아스카니우스로 변신한 에로스는 선물을 가지고 아카테스와 함께 디도의 궁전으로 갔다. 여왕은 커튼을 치고 긴 황금 의자 위에 비스듬히 앉아 있었다. 아이네이아스와 트로이의 젊은이들도 자리를 잡고 앉아 있었다. 티로스인들도 무리 지어 연회장으로 몰려들어 자리를 잡았다.

여왕을 비롯한 티로스인들은 모두 아이네이아스의 선물에 감탄했다. 에로스는 아이네이아스의 목에 매달려 안기며 가짜 아버지를 흐뭇하게 해준 다음 여왕에게로 갔다. 디도 여왕은 에로스를 무릎에 앉히고 귀여워해주었으니, 가엽게도 위대한 사랑의 신이 꾸미고 있는 음모를 그녀는 알지 못했던 것이다! 에로스는 디도의 마음에서 조금씩 죽은 남편 시카이우스의 기억을 지웠다. 그리고 그 자리에 그녀가 오랫동안 잊고 있던 새로운 사랑의 정열이 피어나게 만들었다.

잔치가 무르익고 음식을 배불리 먹고 나자 디도는 신에게 포도주를 바친 다음 다 같이 축배를 들게 했다. 그러고는 음유시인을 불렀다. 음유시인은 트로이 전쟁에 관한 노래를 애절하게 불렀다. 티로스인들과 트로이인들은 눈물을 흘리기도 했고 박수를 치며 즐거워하기도 했다. 에로스의 사랑의 화살을 맞은 디도는 달콤한 기분에 젖어 아이네이아스에게 트로이 이야기를 묻고 또 물었다. 그녀는 프리아모스와 헥토르에 대해 거듭 거듭 물었으며 아가멤논의 무기에 대해서도 물었다. 또한 디오메데스의 말들은 어떠했으며 아킬레우스의 몸집은 얼마나 큰지 물었다. 그러더니 아이네이아스에게 말했다.

"아니에요, 이렇게 내가 묻는 것에만 답할 것이 아니라 어떻게 트로이군이 그리스군에 패하게 되었는지, 그리스군이 어떤 계략을 꾸몄는지, 전쟁에서 진 후 어떤 일을 겪고 여기까지 오게 되었는지 아예 처음부터 이야기해줘요. 당신은 바다와 육지를 떠돌며 벌써 일곱 번째 여름을 맞고 있으니 말이에요."

트로이 목마와 트로이 멸망 이야기

여왕 디도의 말에 모두들 아이네이아스를 바라보았다. 아이네이아스가 입을 열었다.

"여왕님, 내게 이루 말할 수 없는 고통을 다시 겪게 하는군요. 누군들 그 비참한 광경을 눈물 없이 이야기할 수 있겠습니까? 승리를 거둔 그리스의 장군이라 하더라도 그 이야기를 하자면 눈물을 흘리게 될 것입니다. 하지만 여왕님이 그토록 간절히 원하니 슬픔과 고통을 참으며 이야기해보겠습니다.

오랜 기간 동안 그리스군은 산더미만 한 목마를 공들여 만들었습니다. 그리고 그들의 무사 귀환을 빌기 위한 제물이라고 소문을 냈습니다. 하지만 그 큰 말 안에는 무장한 병사들이 숨어 있었지요. 그러고는 그들의 모든 배를 테네도스라는 섬의 해안에 숨겼습니다. 우리 트로이인들은 그들이 모두 철수한 줄 알고 너도 나도 기뻐하며 성에서 나왔지요. 우리는 그 말이 어마어마하게 큰 것을 보고 정말 놀랐습니다.

그 거대한 말을 성안으로 들여놓자는 사람도 있었지만 대부분의 트로이 사람들은 그리스인의 음모가 있을지도 모르니 태워버리거나 구멍을 뚫어 안을 살펴보자고 했습니다. 우리가 그렇게 왈가왈부하고 있는데 아폴론 신의 사제인 라오콘이 성채에서 뛰어내려오며 멀리서부터 외쳤습니다.

'아, 어리석고 불쌍한 사람들! 당신들이 지금 제정신이오! 그리스군이 얼마나 음흉한지 아직도 모른단 말이오? 오디세우스가 얼마나 꾀가 많은 자인지 다들 알지 않소? 절대로 저 말을 들여놓으면 안 됩니다.'

그는 목마 가까이 오자마자 옆구리에 창을 던졌습니다. 아, 그때 우리가 그를 따라서 목마를 칼로 열어젖혔더라면! 그랬다면 우리가 그들의 간교한 꾀에 넘어가지 않았을 텐데!

그런데 라오콘이 목마를 향해 창을 던진 바로 그 순간이었습니다. 트로이 병사들이 그리스군 포로 한 명을 잡아 데려왔습니다. 트로이군은 모두 그를 둘러싸고 욕을 퍼부었지요. 그리스군을 향한 우리의 분노가 그만큼 컸기 때문입니다. 그는 우리

앞에 오자 괴로운 표정을 지으며 신음하듯이 말했습니다.

'아, 슬프구나! 육지와 바다 그 어느 곳에도 내가 갈 곳은 없구나. 그리스인한테서 도망쳐 나왔더니 트로이 사람들은 내게 적의를 품고 피의 복수를 바라고 있구나!'

우리는 그의 말을 듣고 조금은 마음이 누그러졌습니다. 우리는 그에게 정체를 밝히라며 홀로 무슨 짓을 하고 있었냐고 다그쳤습니다.

'모든 것을 사실대로 말씀드리겠습니다. 제 이름은 시논입니다. 제 주인은 팔라메데스 님이지요. 그분이 더없이 고결하고 용감하셨다는 것은 다 아실 것입니다. 그런데 저 교활한 오디세우스가 그분을 시기하여 돌에 맞아 돌아가시게 만들었습니다. 주인을 잃은 저는 오디세우스의 중상모략으로 괴로운 나날을 보낼 수밖에 없었지요. 그러다가 마침내 오디세우스는 예언자 칼카스를 내세워서 저를……. 아, 지금 제가 무슨 말을 늘어놓고 있는 건가요? 저를 죽여서 여러분의 분노가 풀릴 수 있다면 어서 저를 죽여주십시오. 오디세우스도 기뻐할 것이고 아가멤논도 넉넉한 보상을 해줄 것입니다!'

자신을 죽이면 오디세우스가 기뻐할 것이라니! 우리는 정말 궁금했습니다. 우리는 그에게 이야기를 재촉했습니다. 그러자 그가 격앙된 목소리로 눈물을 흘리며 말을 이었습니다.

'전쟁이 좀처럼 끝나지 않자 그리스군은 지쳐서 고향으로 돌아갈 계획을 세웠습니다. 그러나 좀처럼 폭풍이 멈추지 않아 출항할 수 없었지요. 그러자 칼카스가 신에게 제물을 바치지 않으면 결코 바다가 잠잠해지지 않을 것이라고 말했습니다. 그리고 그 제물로 바로 저를 지목했습니다. 모두 오디세우스가 미리 짜놓은 일이었지요. 예언자의 말이니 다들 동의했습니다. 제물로 묶여 있던 저는 의식이 벌어지기로 되어 있는 바로 그날 밧줄을 끊고 탈출했습니다. 이제 저는 더 이상 갈 곳이 없습니다. 고향으로 돌아갈 수도 없고 그 어디에도 갈 곳이 없는 저를 부디 불쌍히 여겨주십시오!'

그의 눈물을 보고 우리는 그를 살려주었고 그를 불쌍히 여기기까지 했지요. 프리아모스 왕이 직접 그를 묶은 밧줄을 풀어주며 궁금해하던 것을 물었습니다. 저 거대한 목마가 무엇이며, 왜 그것을 만들었느냐고요. 시논은 이렇게 대답했습니다.

'아, 신이시여! 제가 알고 있는 그들의 비밀을 다 털어놓더라도 저를 용서해주시겠습니까! 신이시여! 저는 조국 그리스를 사랑하지만 그들이 저를 무참히 팽개쳐버렸습니다.'

그런 후 그는 말을 이었습니다.

'이 목마 역시 예언자 칼카스의 말에 따른 것이랍니다. 그는 그리스군이 무사히 돌아갈 수 있으려면 아테나 여신에게 제물을 바쳐야 한다고 했습니다. 제물을 바쳐야 다시 이곳으로 쳐들어와 트로이를 점령할 수 있다고 했습니다. 이 목마는 바로 그 제물입니다. 그리고 목마를 트로이 사람들이 성안으로 들여놓지 못하도록 거대하게 만들어야 한다고 했습니다. 목마를 트로이 성안에 들여놓으면 아테나 신이 트로이인을 보호해주게 될 것이라고 예언했습니다. 그리고 트로이 성이 더없이 견고해질 뿐 아니라 나아가 트로이가 그리스까지 지배하게 될 것이라고 예언했지요.'

우리는 시논의 거짓 눈물에 모두 속아 넘어갔습니다. 디오메데스와 아킬레우스가 10년 동안 1,000척의 함선으로도 우리를 제압하지 못했는데, 부끄럽게도 그따위 하찮은 계략과 거짓 눈물에 포로가 되고 말았다니!

하지만 그것만이 아니었습니다. 또 다른 사건이 우리 눈을 멀게 하고 말았습니다.

시논이 열심히 우리에게 거짓말을 하는 사이 아폴론 신의 사제 라오콘이 포세이돈에게 큰 황소 한 마리를 제물로 바치는 의식을 치르고 있었습니다. 그때 거대한 뱀 두 마리가 커다

랗게 곡선을 그리며 해안으로 다가왔습니다. 뱀들은 뭍에 닿자 시뻘건 눈을 번쩍이며 혀를 날름거렸고 입으로는 쉭쉭 소리를 냈습니다. 우리는 모두 새파랗게 질려 뿔뿔이 흩어져 달아나느라 바빴습니다. 뱀들은 곧장 라오콘을 향해 갔습니다. 그러고는 먼저 그의 두 아들을 칭칭 휘감았습니다. 라오콘이 무기를 들고 아들들을 구하러 달려왔지요. 하지만 뱀들은 그마저 허리와 목을 칭칭 감은 뒤 하늘 높이 쳐들었습니다. 아, 그 처참한 광경을 어떻게 더 말로 할 수 있겠습니까! 아버지와 두 아들은 그렇게 뱀의 먹이가 되고 말았답니다.

목마를 트로이 성안으로 들여놓지 말라고 경고하던 라오콘이 뱀의 먹이가 되는 것을 본 우리는 망설일 겨를이 없었습니다. 모두들 어서 목마를 성안으로 옮겨야 한다고 목청껏 외쳤지요. 우리는 서둘러 목마를 성안으로 들여놓았습니다. 목마가 너무 커서 성벽을 뚫어 길을 내고 도시의 담벼락도 허물어야 했습니다. 아, 우리는 얼마나 어리석었는지! 그날이 우리의 마지막 날이었는데도 우리는 시내의 모든 신전들을 나뭇가지로 장식하고 잔치를 벌였습니다. 그러고는 편안한 마음으로 곤히 잠들었습니다.

그날 밤에 그리스군 함대는 해안가를 향해 움직였습니다. 시논은 몰래 목마의 빗장을 벗겨 그 안에 있던 그리스 병사들을 풀어놓았지요. 나 역시 잠에 빠져 있었습니다. 그런데 꿈결에 헥토르가 나타났습니다. 그 용맹하던 모습은 간 곳이 없고 온몸에 상처를 입고 머리를 풀어 헤친 채 눈물을 흘리고 있었습니다. 그가 내게 말했습니다.

'여신의 아들! 어서 일어나 도망가시오. 성벽은 적군 손아귀에 있고 트로이는 무너지고 있소. 트로이의 운명은 이제 그대 손에 달렸소. 그대의 운명을 동반자 삼아 트로이 사람들을 이끌고 새로운 도시를 세우시오. 그대는 바다 위를 떠돌다가 마침내 새로운 도시를 세우게 될 것이오.'

놀라서 잠에서 깨어나니 도시는 아수라장이 되어 있었습니다. 무기들이 맞부딪치는 소리가 점점 더 가까워졌습니다. 나는 지붕 꼭대기로 올라가 내려다보았습니다. 아, 그 광경을 어떻게 묘사할 수 있을지! 사나운 불길이 남풍을 타고 사방으로 번지는 것과 같았습니다. 무시무시한 급류가 들판과 숲을 휩쓸고 지나가는 것과 같았습니다. 나는 정신없이 무기를 들었습니다. 빨리 부대를 집결시켜 성채로 달려가려 했습니다. 나는 싸우다 죽는 것이 가장 아름답다고 생각하고 있었습니다.

내가 아래로 내려가자 병사들이 합류했습니다. 우리는 적군

속으로 뛰어들었습니다. 처절한 싸움이 시작되었지요. 우리는 용감하게 적군을 물리치며 우리의 왕 프리아모스의 궁으로 갔습니다. 그곳에서는 그야말로 엄청난 전투가 벌어지고 있었습니다. 그곳에서 벌어지고 있는 전투에 비한다면 다른 곳은 오히려 조용하다고 할 정도였지요. 그리스군은 맹렬하게 문을 공격했습니다. 그들은 사다리를 궁전 성벽에 기대놓고 타고 올랐습니다. 트로이인들은 궁전의 성탑과 지붕을 뜯어내 아래로 던지면서 방어했습니다. 나는 프리아모스 왕을 구하기 위해 안으로 들어가려고 했지요. 나는 비밀통로를 통해 궁전 지붕으로 올라갔습니다. 그 순간 그리스 병사들이 궁전 문을 뜯어냈고 궁전 안 홀의 모습이 훤히 드러났습니다. 그리스 병사들이 안으로 뛰어들어 미친 듯이 살육을 저지르는 광경을 볼 수 있었습니다. 헤카베 왕비도 볼 수 있었으며, 그녀의 50명의 딸들과 50명의 며느리들도 보았습니다. 그리고 프리아모스 왕이 자신의 피로 제단을 물들이는 것도 보았습니다.

아마 여러분은 프리아모스 왕의 운명이 어찌되었는지 궁금하겠지요. 궁전 문이 뜯겨나가 궁 안 깊숙이까지 적군이 들어와 있는 것을 본 왕은 무장을 하고 적들을 향해 달려들려고 했습니다. 헤카베 왕비가 그 모습을 보고 말렸습니다. 바로 그때 프리아모스 왕 눈앞에서 그의 아들 폴리테스가 아킬레우스의 아들 피로스(네오프톨레모스)의 칼에 목숨을 잃고 말았답니다. 프리아모스 왕은 분노하여 창을 던졌지만 노인이 던진 창에 힘이 있을 리 없었죠. 방패에 부딪혀 땡그랑 하는 소리만 냈을 뿐이었습니다. 피로스가 늙은 왕을 붙잡아 제단 쪽으로 끌고 갔습니다. 그러곤 오른손으로 왕의 머리채를 감아쥐고 칼을 높이 쳐들더니 옆구리에 깊숙이 밀어 넣었습니다. 그것으로 그만이었습니다. 한때 수많은 나라들과 사람들을 굽어보면서 소아시아의 맹주로 군림했던 그였지만, 비참한 죽음을 맞이하면서 자신의 대에 트로이가 불타 무너지는 참극을 맛보아야만 했지요.

그 광경을 지켜보면서 나는 처음으로 두려움에 휩싸였습니다. 내 아버지와 같은 나이의 왕이 잔혹하게 목숨을 잃는 광경을 보자 눈앞에 사랑하는 아버지의 모습이 떠올랐기 때문이지요. 동시에 잊고 있던 아내 크레우사와 어린 아들 아스카니우스의 모습이 떠올랐습니다. 나는 고개를 돌려 주위의 병사들을 찾았습니다. 아무도 없이 나 혼자였습니다. 모두 지붕에서 아래로 떨어져 화염에 휩싸여버린 것이었지요.

그때 신전 기둥 뒤에 숨어 있는 헬레네의 모습이 내 눈에 띄었습니다. 트로이와 자신의 조국에 이 무시무시한 재앙을 안긴 그녀가 자기 몸을 숨기고 있는 것을 보고 나는 화가 끓어올랐지요.

'프리아모스 왕이 칼에 맞아 죽었고 트로이가 불에 타버렸는데도 저 가증스런 여인은 스파르타로 돌아가 개선식을 올리고 왕비로 되돌아가겠지! 그렇게는 안 되지!'

나는 칼을 들고 그녀를 향해 달려갔습니다. 그때 사랑하는 나의 어머니 아프로디테 여신께서 내 앞에 모습을 드러내셨습니다. 빛나는 광채를 발하며 내게 다가오셨는데 전에는 그처럼 또렷하게 그분 모습을 본 적이 없었지요. 어머니께서 말씀하셨습니다.

'내 아들아! 무엇이 괴로워 이렇게 화를 내고 날뛰는 것이냐? 너는 우선 늙으신 네 아버지부터 돌봐야 하는 거 아니냐? 네 아내와 아들이 어떻게 되었는지 가봐야 하는 거 아니냐? 그리스 병사들이 눈이 시뻘개서 날뛰고 있는데 너는 가족이 어떻게 되었는지 궁금하지도 않더냐? 내 일러줄 테니 명심해라. 이 피비린내 나는 싸움이 벌어진 건 저 헬레네의 아름다움 때문이 아니다. 네가 그토록 증오하던 파리스 때문도 아니야. 바로 냉정하고 가혹한 신들 때문이지.

네 눈을 열어 신들의 모습을 보여줄 테니 직접 확인해보거

라. 보이느냐? 포세이돈이 거대한 삼지창으로 성벽들과 주춧돌들을 들어 올려 도시 전체를 뿌리 뽑고 있는 모습이! 저기 헤라를 봐라. 트로이 성을 향해 그리스 병사들을 몰고 오는 모습이 보이지 않느냐! 자, 돌아서서 봐라. 성채 꼭대기에 앉아 있는 아테나가 보이느냐? 게다가 아버지 제우스 님께서는 직접 그리스인에게 용기와 힘을 불어넣고 계신다. 그러니, 내 아들아. 어서 달아나라! 어서 네 아버지에게로 달려가거라!'

이렇게 말씀하시고 그분은 짙은 어둠 속으로 사라지셨지요. 나는 화염과 적군 사이를 헤치며 아버지 집에 이르렀습니다. 아버지는 함께 피신하자는 내 말을 단호하게 거부했지요. 나도 아버지를 남겨두고 떠날 수는 없다며 차라리 함께 남아 싸우다 죽겠다고 했습니다. 나는 칼을 들고 뛰쳐나가려고 했습니다. 그러자 아내가 내 발을 잡고 어린 아스카니우스를 내밀며 애원했습니다.

'여보, 당신이 스스로 죽으러 가는 거라면 우리도 함께 데려가 죽게 해줘요. 그렇지 않다면 적들과 맞서 싸울 힘으로 우리를 지켜줘요.'

비탄에 젖은 아내의 부르짖음이 온 집 안을 채웠을 때 말로 표현하기 어려운 기적이 일어났습니다. 아스카니우스의 이마에 불꽃이 혀를 날름거리며 나타난 것입니다. 불꽃은 부드럽게 그 애의 머릿결을 쓰다듬더니 관자놀이 근처에서 어른거렸습니다. 우리는 깜짝 놀라 얼른 물로 그 불을 끄려고 했습니다. 그런데 아버지께서 기쁜 표정으로 고개를 들어 하늘의 별들을 바라보시고는 두 손을 들어 기도하셨습니다.

'전능하신 제우스 님! 제 간절한 기도를 들으시어 우리를 굽어 살피소서! 저희에게 그럴 자격이 있다면 저희를 도와주시고 저희의 앞날을 알려주십시오!'

아버지께서 기도를 마치자 갑자기 왼쪽에서 천둥소리가 울렸습니다. 그리고 별똥별 하나가 선명한 빛을 발하며 하늘에서 내려오더니 궁전 지붕 위를 지나 이다 산 숲속에 묻히는 것이 또렷이 보였습니다. 별똥별이 사라진 후에도 그것이 지나간 길은 마치 밭이랑처럼 빛이 났으며 주위는 온통 유황 냄새로 가득했습니다. 아버지께서는 하늘을 향해 똑바로 서시더니 신들을 향해 말씀하셨습니다.

'신들이시어, 당신들께서 인도하시는 대로 따르겠습니다. 당신들께서 보여주신 저희 앞날을 받아들이겠습니다. 트로이는 당신들의 보호 아래 있다는 것을 믿겠습니다.'

그런 후 아버지는 기꺼이 나와 함께 가시겠다고 말씀하셨습니다. 나는 하인들과 동료들에게 도시 밖에 있는 외딴 신전으로 오라고 한 후 아버지를 등에 업고 아들의 손을 잡은 채 길을 떠났습니다. 아내는 제 뒤에서 따라오고 있었습니다. 우리는 그렇게 어두운 길을 더듬으며 성문 앞에 이르렀습니다. 그리고 서둘러 약속한 곳으로 갔습니다. 아! 그러나 그곳에 도착해 보니 사랑하는 아내의 모습이 보이지 않았습니다. 나는 아버지와 아들을 사람들에게 맡기고 다시 집으로 돌아갔습니다. 그곳은 이미 그리스 병사들이 차지하고 있었고 온통 불길에 휩싸여 있었습니다. 하지만 아내의 모습은 보이지 않았습니다. 나는 거리로 나가서 '크레우사, 크레우사!' 하고 아내의 이름을 미친 듯이 불렀습니다. 그때 그녀가 내 앞에 나타났습니다. 하지만 내가 알던 그녀의 모습이 아니었습니다. 평소보다 훨씬 키가 컸습니다. 그녀의 환영이었던 것입니다.

그녀의 환영이 내게 말했습니다.

'아, 사랑하는 당신! 지금은 그렇게 넋을 잃고 슬픔에 빠져들 때가 아니에요! 모든 것이 신의 뜻이니 그대로 따라요. 나는 당신과 함께하지 못한다는 신의 뜻을 따랐을 뿐이에요. 그러니 어서 가요. 기나긴 망명길이 당신의 운명이에요. 당신은 망망대해를 떠돌도록 되어 있어요. 당신은 이탈리아 남쪽 지방으로 가게 될 거예요. 그곳에는 풍요로운 들판들 사이로 티베르강이 유유히 흐르고 있지요. 그곳에서 왕족 출신의 아내가 당신을 기다릴 거예요. 자, 그러니 어서 가요. 우리 두 사람의 아들을 언제까지나 사랑해줘요.'

그녀는 눈물을 흘리며 말했습니다. 내가 붙잡으려 해봤지만 그녀는 연기처럼 내 품을 빠져나가 대기 속으로 사라져버렸습니다.

나는 다시 동료들 곁으로 돌아갈 수밖에 없었습니다. 아내를 잃은 마음은 비통하기 그지없었습니다. 신전에 도착한 나는 엄청나게 많은 트로이 사람들이 모여 있는 것을 보고 놀랐습니다. 나라를 잃은 사람들과 병사들이 소식을 듣고 사방에서 몰려온 것이었지요. 그들은 내가 어느 곳으로 자신들을 이끌던 마음과 재산을 바쳐 나를 따를 각오가 되어 있었습니다. 어느덧 이다산 꼭대기에 샛별이 반짝였습니다. 새날이 밝았던 것입니다. 나는 트로이를 뒤로하고 아버지를 업은 채 산으로 향했습니다."

디도와 아이네이아스의 만남과 이별

아이네이아스는 디도에게 그들이 트로이를 탈출한 후 카르타고에 오기까지의 모험에 대해 길게 이야기했다.

아이네이아스 일행이 제일 먼저 도착한 곳은 트라케였다. 그들은 그곳에 정착할 준비를 한다. 그때 프리아모스 왕의 막내아들 폴리도로스의 영혼이 나타나 이곳이 목적지가 아니니 계속 길을 가라고 말한다. 아이네이아스 일행은 영혼의 지시대로 그곳을 떠난다. 항해 도중 그들은 안키세스의 친구가 다스리는 델로스섬에 도착해 신전에서 제물을 바친다. 그때 아폴론 신의 신탁이 내려와 "너희의 옛 어머니의 땅으로 가라"고 명령한다. 아폴론의 신탁을 들은 안키세스는 자기네 조상이 크레타섬 출신이라는 전설이 있다고 말한다. 그의 말에 따라 크레타섬에 도착한 아이네이아스 일행은 그곳에 정착하여 도시를 세우고 페르가마라고 이름 붙인다. 하지만 곧 역병과 가뭄이 발생한다. 어찌할 바를 모르는 아이네이아스 앞에 신들이 나타나서 아버지 안키세스가 착각한 것이라며 이탈리아로 가라고 명령한다. 그들은 다시 배를 띄운다.

신의 명령대로 이탈리아를 향해 항해를 하는 도중 그들은 마치 오디세우스가 고향으로 돌아갈 때 겪은 것과 같은 온갖 고초를 겪는다. 스트로파데스라는 섬에서 하르피아라는 괴물들의 공격에 시달리고, 오디세우스의 왕국인 이타카 옆을 지나며 오디세우스를 저주하기도 한다. 이후 오디세우스를 고향으로 데려다준 파이아케스족의 나라를 지나 그들은 부트로툼이라는 곳에 도착한다. 그런데 놀랍게도 그들은 그곳에서 프리아모스 왕의 아들이며 예언자인 헬레노스를 만나게 된다. 아이네이아스는 이탈리아로 가라는 아폴론 신의 뜻에 따라 항해를 계속했지만 온갖 고난만 겪게 될 뿐 어찌할 바를 모르겠다고 헬레노스에게 말한다. 그러자 헬레노스가 자세한 여정을 그들에게 말해준다.

아이네이아스 일행은 헬레노스가 일러준 대로 뱃길을 잡는다. 그들은 오디세우스의 병사들을 잡아먹은 외눈박이 거인 키클롭스들의 나라에서 간신히 도망쳐 나오기도 하고 무시무시한 카리브디스와 스킬라가 살고 있는 해협을 피하기도 한다. 그러다가 마침내 카르타고에 오게 된 것이다.

그 모든 모험들에 대해 길게 이야기한 후 아이네이아스는 이렇게 말을 맺었다.

"아, 나는 극심한 바다의 폭풍에 쫓기다가 내가 그렇게 의지하던 아버지를 그만 여의고 말았습니다. 그 많은 위험에서 구해드린 보람도 없이요! 예언자 헬레노스도 나에게 그런 슬픔이 닥치리라고 예언하지 않았는데 말입니다! 그것이 나의 마지막 시련이었으며 기나긴 여정의 전환점이었습니다. 아버지의 죽음의 대가로 신께서는 우리를 당신의 나라로 인도하신 것입니다."

디도 여왕은 아이네이아스의 이야기를 들으면서 점점 더 아이네이아스를 향한 사랑의 불길에 사로잡혔다. 그녀는 자신과 흉허물 없이 지내는 동생 안나에게 말했다.

"안나! 내가 손님으로 맞은 저 남자는 정말 누구일까? 그는 틀림없이 신의 자손일 거야. 남편 시카이우스가 죽은 뒤로 내 마음은 한 번도 흔들린 적이 없어. 근데 도대체 내가 왜 이러는 걸까? 아, 염치없게도 저 남자를 사랑하게 되다니! 죽은 남편이 내 사랑을 그의 무덤 속으로 가져가서 잘 간직하고 있는 줄 만 알았는데!"

안나가 대답했다.

"내게 햇빛보다 소중한 언니, 언니는 언제까지 혼자 슬퍼하며 청춘을 허비해버릴 셈이야? 언니, 생각해봐. 사방에 사나운 적들이 우리를 둘러싸고 있어. 저분이 이곳으로 오게 된 건 정말 신의 도움이 아니겠어? 언니, 언니가 저분과 결혼하면 어떻게 될지 한번 상상해봐. 저분이 데려온 용감한 전사들과 함께라면 우리의 영광은 하늘을 찌르게 될 거야. 언니, 바다가 아직 사납게 날뛰는 동안 핑계를 대서 저분을 꼭 붙잡아."

안나는 여왕의 가슴에 사랑의 불꽃을 더욱더 타오르게 했고 망설이는 마음에 희망을 주었으며 부끄러움이라는 자물쇠를 풀어주었다. 그녀는 자제력을 잃고 해가 기울면 매일 잔치를 열어 아이네이아스에게 이야기를 해달라고 졸랐고 그의 이야기에 넋이 빠졌다. 밤이 되어 그와 헤어지면 그녀는 빈집에서 홀로 슬퍼하며 그가 앉았던 의자 위에 누웠다. 그는 거기에 없었지만 그녀에게는 그가 보이고 그의 목소리가 들렸다. 또한 말로 표현할 수 없는 마음속의 사랑을 감추기 위해 아이네이아스를 쏙 빼닮은 아스카니우스를 무릎에 앉히곤 했다. 여왕이 상사병을 앓는 사이 새 도시를 건설하는 일은 모두 중단되었다.

제우스의 아내 헤라는 디도가 사랑의 포로가 된 모습을 보고 딸 아프로디테를 찾아갔다.

"딸아, 이제 만족하느냐? 두 신이 계략으로 가련한 한 여인을 저렇게 사랑의 늪에 빠뜨리다니! 도대체 이 일을 어디까지 끌고 갈 셈이냐? 너와 내가 언제까지 이렇게 싸워야 하겠니? 자, 저 둘을 결혼시켜 우리 사이의 싸움을 그만 끝내기로 하자. 네 아들이 디도와 함께 이 나라를 다스리게 하자꾸나."

아이네이아스를 이탈리아로 가지 못하게 하려는 헤라의 계략이었다. 그것을 알면서도 아프로디테는 선선히 대답했다. 제우스의 뜻이 그를 결코 이곳에 머물게 하지 않으리라는 것을 알고 있었기 때문이었다.

"어머니, 누가 어머니의 현명한 제안을 거절하고 어머니와 계속 싸우려 하겠어요? 아버지 제우스 님께 여쭈어본 다음에 어머니 뜻대로 하세요."

그러자 헤라가 말했다.

"제우스 님은 내가 알아서 하마. 자, 내 계획은 이렇단다. 내일 저들은 모두 사냥을 나갈 예정이야. 그때 내가 우박이 섞인

폭우를 내리 퍼붓고 하늘을 우레로 뒤흔들어놓을 거야. 다들 사방으로 흩어지겠지. 그럼 내가 디도와 아이네이아스를 같은 동굴로 들어가게 만들 거야. 거기서 그녀를 그의 것으로 만드는 거지. 이건 하늘이 맺어준 결혼식이 될 거야."

어머니의 속셈을 훤히 꿰뚫어본 아프로디테는 미소를 지으며 그 제안에 동의했다.

새벽의 여신이 대지와 바다를 비추자 모두들 사냥을 떠났다. 디도 여왕도 화살통을 메고 사냥에 나섰으며 아이네이아스는 무리의 선두에 섰다. 화살통을 어깨에 메고 머리를 황금 고리로 묶은 그의 얼굴에서는 더없는 매력이 풍겨 나왔다. 그들이 산에 이르러 사냥을 시작했을 때 하늘에서 무시무시한 굉음이 울리더니 우박이 섞인 비가 내리기 시작했다. 사람들이 모두 사방으로 흩어졌고 헤라의 계략대로 디도와 아이네이아스는 같은 동굴로 피신했다. 그 모습을 본 대지의 여신 가이아와 결혼의 여신 헤라가 신호를 했다. 그러자 불이 번쩍이며 하늘이 결혼의 증인이 되었다. 신들이 증인과 들러리가 된 가운데 디도와 아이네이아스는 맺어졌다. 디도는 이를 하늘이 내린 성스러운 결혼이라 부르며 자신의 허물과 자신에 대한 뒷이야기를 덮으려 했다.

하지만 리비아의 큰 도시들에 즉시 소문이 퍼졌다. 가장 심술궂은 신들 중 하나인 소문의 여신 파마는 재빠르게 여기저기 움직였다. 파마는 처음에는 몸도 작고 힘도 약하지만 움직이면서 그 힘이 더 강해지고 앞으로 나아가면서 더 빨라진다. 게다가 한번 움직이기 시작하면 잠도 자지 않고 밤마다 어둠을 뚫고 하늘과 땅 사이를 휘저으며 날아다닌다. 또한 낮에는 지붕 꼭대기나 높은 성탑 위에 앉아 사실뿐만 아니라 조작된 이야기와 거짓 이야기를 함께 퍼뜨려 모든 이들을 놀라게 한다.

소문의 여신은 신이 나서 리비아 전역의 사람들에게 온갖 이야기를 퍼뜨렸다. 아름다운 디도가 아이네이아스를 보자 단번에 반해버려 그와 결혼했으며, 두 사람은 어리석은 애욕의 포로가 되어 왕국의 일을 다 팽개치고 함께 방탕한 생활을 하고 있다고 떠들어댔다.

소문의 여신은 그 이야기를 제우스 신을 모시는 이웃 나라 이아르바스 왕에게까지 전했다. 그는 전에 디도 여왕에게 구혼했다가 거절당한 적이 있었다. 그는 노여움에 휩싸여 제우스에게 소문의 신이 전한 디도와 아이네이아스의 행실을 고해바쳤다. 그의 기도를 듣고 제우스가 눈길을 돌려 디도와 아이네이아스를 쳐다보았다. 그러고는 헤르메스에게 명령했다.

“자, 내 아들아. 가서 트로이인의 지도자에게 내 말을 전해라. 그의 아름다운 어머니가 자랑스러워하는 아들의 모습은 이런 게 아니라고. 이러자고 그를 두 번이나 그리스인에게 죽을 위험에서 구해준 게 아니라고. 도대체 무엇을 바라고 이곳에 머물고 있단 말이냐! 어찌하여 후손들과 영광스러운 로마를 잊고 있단 말이냐! ‘이탈리아를 향해 항해하라!’ 이것이 내 명령이니 당장 가서 전하도록 해라!”

제우스의 명령을 받은 헤르메스는 곧 출발 준비를 했다. 그는 날개 달린 황금 샌들을 신고 지팡이 카두세우스를 집어 들었다. 그 지팡이는 저승에서 망령을 불러올 수도 있고 이승을 떠도는 망령을 저승 깊은 곳으로 보낼 수도 있었다. 또한 그 지팡이는 깨어 있는 자를 잠들게 할 수도, 눈감은 자의 잠을 빼앗아 깨어나게 할 수도 있었다.

그는 황금 샌들과 지팡이의 힘으로 산을 넘고 바다를 건너 아이네이아스 곁으로 갔다. 그러고는 아이네이아스를 꾸짖었다.

“그대는 지금 아름다운 아내를 위해 카르타고를 건설하는 데만 온 힘을 쏟으려 하는가? 그대는 자신의 왕국과 그 운명은 영영 잊었단 말이냐? 제우스 님의 명령이니, 그대의 자식 아스카니우스와 그대의 후손들을 생각하라. 그들의 미래를 생각하라. 이탈리아 왕국과 로마의 땅은 그들의 몫이다!”

헤르메스는 말을 전하고 순식간에 사라졌다. 아이네이아스는 놀라서 정신이 얼떨떨했다. 머리카락이 곤두서고 말문이 막혔다. 더욱이 제우스 신이 이곳을 떠나라고 명령하고 있지 않은가? 그는 문득 정신을 차리고 한시라도 빨리 이곳을 떠나야겠다고 결심했다. 하지만 디도 여왕이 그를 떠나게 놔둘 리 없었다. 이런저런 궁리 끝에 그는 디도 몰래 빠져나가는 것이 상책이라고 결론 내렸다. 그는 부하들을 불러 은밀하게 출항 준비를 하라고 지시했다.

하지만 그의 속마음은 곧 디도에게 들키고 말았다. 누가 사랑하는 사람을 속일 수 있겠는가! 게다가 소문의 여신이 그녀에게 다가가 아이네이아스의 함대가 출항을 준비하고 있다고 속삭였다. 그녀는 자제력을 잃고 한달음에 아이네이아스에게 달려가 말했다.

“이 무정한 사람! 당신은 정말 말 한마디 없이 내 곁을 떠나려 했던 건가요? 우리 사랑도, 당신이 내게 한 약속도 다 거짓이었나요? 내가 죽어버리겠다 하더라도 당신을 막을 수 없는 건가요? 제발 떠나지 마요. 나는 당신 때문에 정절과 명예마저 내버렸는데, 당신이 나한테 어떻게 이럴 수 있나요! 제발 이곳에 조금만 더 머물러 당신 닮은 아이라도 가질 수 있게 해줘요."

그녀의 눈물에 아이네이아스의 마음이 흔들렸다. 하지만 그는 제우스의 경고를 다시 마음에 새기면서 단호하게 말했다.

"당신이 내게 얼마나 많은 것을 베풀어주었는지 나도 잘 알아요. 사실대로 말하겠소. 나는 결코 그대 몰래 도망치려 한 것이 아니오. 신의 뜻에 따라 움직이는 것뿐이오. 위대한 아폴론께서 위대한 이탈리아를 차지하라고 명령하셨고 그 명령을 따르려는 거요. 게다가 제우스 님께서 친히 사자를 보내셔서 빨리 이곳을 떠나 이탈리아로 향하라고 명령하셨소. 내가 이탈리아로 향하는 것은 내 뜻이 아니오."

그가 말을 마치자 디도는 말없이 그를 노려보더니 사나운 목소리로 말했다.

"당신은 절대로 신의 자식이 아니에요. 당신은 짐승의 젖을 먹고 자란 게 틀림없어요! 죽을 고비를 맞은 당신과 당신 동료들을 살려준 건 바로 나예요. 그런데 이제 와서 아폴론 님의 예언은 뭐며 제우스 님의 사자 이야기는 또 뭔가요? 진심으로 바라는데, 정의로운 신께서 계시다면 당신이 암초에 걸려 죽어가면서 내 이름을 부르게 해달라고 기도할 거예요."

말을 끝낸 그녀는 그 자리에서 실신했고 시녀들이 그녀를 부축하여 방으로 데려가 침대에 뉘었다. 아이네이아스는 흔들리는 마음을 다잡으며 자신의 함선들이 있는 곳으로 갔다. 간신히 정신을 차린 디도가 동생 안나를 시켜 순풍이 불 때까지만이라도 머물러달라고 간청했지만 그는 묵묵히 출항 준비를 서두를 뿐이었다.

아이네이아스가 그녀의 애절한 마지막 간청까지 물리치자 그녀는 죽기로 결심했다. 그녀는 속으로 언제 어떻게 자살할지 생각해둔 뒤 동생 안나를 찾아가 짐짓 밝은 표정으로 말했다.

"같은 피를 나눈 내 동생아, 함께 기뻐해주지 않겠니? 그를 향한 사랑에서 해방될 수 있는 방법을 내가 찾아냈단다. 마음을 속박에서 풀려나게 하고 잔인한 사랑의 고통을 남에게 떠넘기는 방법을 아는 여사제를 꿈에서 만났어. 그 여사제가 한 말을 알려줄 테니 그대로 해줄 수 있겠지? 궁전 안뜰 마당에 화장용 장작더미를 몰래 쌓아줄래? 그리고 그 위에다 그가 입었던 갑옷들과 다른 옷들을 올려놔줘. 나를 파멸에 이르게 한 결혼 침대도 갖다놔주고. 그 도리를 모르는 남자를 떠올리게 하는 건 뭐든 다 없애버리고 싶어. 여사제도 그렇게 충고했어."

안나는 언니가 시키는 대로 했다. 그녀는 언니가 죽을 결심을 한 줄은 꿈에도 몰랐다. 언니가 그토록 광기에 사로잡혀 있는 줄 몰랐고, 전남편 시카이우스가 죽었을 때보다 더 나쁜 일이 생기리라고는 생각하지 않았다.

궁전 앞뜰에 장작더미가 쌓이자 디도는 그곳에 화환들을 걸고 죽음의 잎으로 장식했다. 그러고 나서 장작더미 맨 위에 침대를 얹고 그 위에다 아이네이아스가 입던 옷가지들과 그가 남겨둔 칼을 올려놓았다.

이윽고 밤이 되었다. 천지 만물이 다 잠들었지만 디도만은 잠을 이루지 못했다. 그녀의 고통은 곱절로 늘어났으며 그녀의 사랑은 분노의 세찬 물결을 타고 드높이 솟구쳤다. 그녀는 속으로 탄식했다.

"아, 나는 이제 어떡해야 하지? 지금까지 거들떠보지도 않던 다른 남자를 받아들일까? 아니면 우리 티로스 사람들과 함께 트로이 함대로 찾아가서 같이 태워 가달라고 애원할까? 내가 그들에게 베푼 게 많으니 어쩌면 받아줄지도 몰라."

그러고는 곧 자신을 책망했다.

"아, 도대체 무슨 어리석은 생각을 하고 있는 거야! 그들이 과연 나를 곱게 받아줄까? 간신히 이곳에 정착한 우리 사람들이 나와 함께 다시 거친 바다에 몸을 내맡기려 할까? 그래, 난 죽어 마땅해. 아, 어쩌다가 사랑의 광기에 사로잡혀 시카이우스의 주검 앞에서 맹세한 정절을 지키지 못하고 만 걸까!"

그녀가 그렇게 홀로 탄식하고 있던 그 순간, 아이네이아스는 출항 준비를 마치고 잠을 자고 있었다. 그때 헤르메스가 그의 꿈속에 나타나서 말했다.

"여신의 아들아! 이런 급박한 상황에서 잠이 오는가? 디도가 죽기로 결심하고 그대와 함께 파멸의 길로 나아가려 하고 있는데. 사랑의 광기는 곧 무서운 증오로 바뀌는 법! 그러니 어서 이곳을 떠나거라. 새벽의 여신이 찾아올 때면 이미 그대는 증오에 불타는 그녀의 함선들에 둘러싸이고 말 것이다. 얼른 일어나 조금도 머뭇거리지 말고 즉시 떠나도록 하라."

아이네이아스는 깜짝 놀라 잠에서 깨어났다. 그러고는 동료들을 깨워 황급히 배를 출항시켰다. 그들은 힘껏 노를 저었고 배는 먼바다로 나아갔다.

어느새 새벽의 여신이 대지 위에 새 빛을 뿌리고 있었다. 디도 여왕이 자리에서 일어나 망루에서 내다보니 아이네이아스의 배들은 이미 떠나고 없었다. 그녀는 가슴을 치고 금발을 잡아 뜯으며 외쳤다.

"오, 제우스 님! 그는 정말 떠나는 것입니까? 이방인인 그가 진정 우리를 웃음거리로 만드는 것입니까? 아, 나는 왜 애당초 그들을 죽여버리지 못하고 이제야 멀어져가는 그들을 향해 분노를 터뜨리고 있는 걸까? 헤라 님, 복수의 신 여러분, 지옥의 신 하데스 님, 제 기도를 들어주십시오! 만일 저 저주받은 남자가 항구에 닿아 땅에 오르게 된다면, 그것이 제우스 님께서 그에게 정해주신 운명이라면, 그를 끊임없는 전쟁에 시달리게 해주십시오! 자기 영토에서 쫓겨나 자기 동료들이 무참하게 죽어가는 모습을 보게 해주십시오! 그가 일찍 죽어 무덤에 묻히지도 못한 채 모래 한가운데 누워 있게 해주십시오. 티로스인들과 트로이인들은 영원히 원수가 되어 자손대대로 싸우게 해주십시오!"

말을 마친 그녀는 장작더미 위로 올라가 거꾸로 세워놓은 칼날에 몸을 던졌다. 그녀가 삶과 죽음 사이에서 고통스럽게 신음하는 모습을 본 헤라 여신이 전령의 여신 이리스를 보냈다. 이리스는 그녀의 머리맡에 이르러 말했다.

"헤라 님의 명령에 따라 그대의 머리카락을 신성한 제물로 저승의 신에게 가져가고, 그대의 영혼을 그대 육신에서 풀어주마."

이리스가 그녀의 머리카락을 자르자 그녀의 몸에서 일시에 온기가 사라졌고 그녀의 생명은 바람 속으로 흩어져 사라졌다.

아버지의 장례식을 치르다

아이네이아스의 함대는 디도의 장례식 불길을 뒤로한 채 바다를 헤치고 나아갔다. 그런데 그들이 바다 한복판에 이르렀을 때 시커먼 비구름이 몰려오더니 폭풍이 휘몰아치기 시작했다. 그러자 키잡이 팔리누스가 아이네이아스에게 말했다.

"아이네이아스 님! 설사 제우스께서 약속하셨다 해도 이런 날씨에 이탈리아로 가기는 어렵습니다. 전에 우리를 잘 맞아주었던 시칠리아가 이곳에서 멀지 않으니 방향을 돌려 그곳으로 가는 게 어떻겠습니까?"

아이네이아스가 동의하자 함대는 아케스테스가 다스리고 있는 시칠리아로 향했다. 아케스테스의 아버지는 강의 신 크리니수스였고 어머니는 트로이인이었다. 트로이 혈통의 아케스테스는 아이네이아스 일행을 반갑게 맞이했다.

하룻밤을 잘 지내고 원기를 회복한 아이네이아스는 자신의 동료들과 시칠리아 사람들을 모아놓고 말했다.

"위대한 트로이의 자손 여러분. 우리가 내 아버지 안키세스의 유골을 이 땅에 맡겨놓고 떠난 지 어언 12달이 다 되었소. 내가 만일 아직 바다 위를 떠돌고 있더라도 나는 아버지의 장례식을 거행했을 것이오. 지금 우리의 친구 아케스테스 왕이 우리를 이렇게 환대해주니 내 이곳에서 성대하게 아버지의 장례식을 치르고 싶소. 아케스테스 왕이 경기 상금으로 함선 1척당 황소 2마리씩을 내놓았소. 나도 여러분을 위해 푸짐한 선물을 준비할 것이오."

장례식은 9일 동안 진행되었다. 그리고 9일째 되던 날 고대하던 장례식 기념 경기가 시작되었다. 첫 번째 경기는 함선 경주였다. 여러 함선 중에 가려 뽑힌 4척이 경기에 나서서 파도를 헤치며 우열을 겨루었다. 우승자들에게는 월계수의 푸른 잎으로 만든 관을 씌워주었고 상금으로 수송아지 3마리와 포도주와 은괴를 주었다. 함선 경주를 시작으로 달리기, 권투, 활쏘기 시합이 이어졌고 마지막으로 소년들의 모의 전투가 벌어졌다. 승자에게 월계관과 푸짐한 상품이 주어진 것은 물론이다.

아이네이아스가 아버지 장례식을 치르고 아버지를 기리는 경기를 끝냈을 때 헤라 여신은 전령의 여신 이리스를 트로이의 함대가 머물러 있는 곳으로 보냈다. 헤라는 아직 묵은 원한을 풀지 못하고 이런저런 음모를 꾸미고 있었다.

이리스 여신은 호호백발 노파의 모습으로 변신하고 트로이 함대가 정박한 곳에 나타났다. 함대 곁에는 여자들밖에 없었다. 남자들은 모두 장례식 기념 경기장으로 갔기 때문이었다. 트로이 여인들은 오랜 항해에 지칠 대로 지쳐 있었다. 그녀들은 안키세스를 그리워하며 눈물을 흘리고 있었지만 그 눈물에는 '얼마나 더 이 험한 바다와 파도를 헤치고 가야 하는 거지!'라는 두려움도 섞여 있었다. 그녀들이 진정으로 원하는 것은 정착하여 살 도시였다. 이리스는 여인들 사이로 들어가서 말했다.

"전쟁 때 조국의 성벽 밑에서 그리스군 손에 죽어버리는 게 차라리 나았을걸! 고향을 떠난 지 오랜 세월이 지났는데 여태껏 정처 없이 바다를 떠돌고 있다니! 아, 헤라 여신께서는 우리를 또 얼마나 괴롭히실까! 우리가 이 땅에 머물러 있을 수만 있다면 얼마나 좋겠어요? 이곳은 우리 형제의 나라고 아케스테스 왕도 우리를 환대해주고 있어요. 우리가 여기에 트로이의 나라를 세운들 누가 막겠어요? 내 꿈에 예언의 신께서 나타나 말씀해주셨다오. '여기가 바로 트로이로다! 이곳이 그대들의 집이다.' 그러니 우리 모두 함선을 불태우기로 해요."

말을 마친 후 그녀는 한 여인이 들고 있는 횃불을 낚아채서 휘두르다가 힘껏 내던졌다. 이리스의 말과 행동에 흥분한 트로이 여인들은 점점 이성을 잃어갔다. 그녀들은 이 땅에 그냥 눌러앉고 싶다는 생각과 자신들을 부르는 약속의 왕국으로 가야 한다는 생각 사이에서 갈팡질팡했다. 그때 노파의 모습을 하고 있던 이리스가 날개를 펴고 하늘로 오르더니 거대한 무지개를 가르며 날아갔다. 그 모습을 본 여인들에게 일시에 광기가 몰려왔다. 그녀들은 함선을 향해 횃불을 던졌다.

원형경기장에 있던 아이네이아스 일행은 함선들이 정박한 바다 쪽에서 불길이 치솟는 것을 보고 깜짝 놀라 황급히 말을 몰고 달려갔다. 남자들이 달려오는 것을 본 여자들은 그제야 정신이 들었다. 자신들이 무슨 짓을 저질렀는지 알아차린 여자들은 겁이 나 숲이건 바위 동굴이건 몸을 숨길 곳을 찾아 뿔뿔이 흩어졌다.

불길은 쉽게 잡히지 않았다. 아무리 물을 갖다 퍼부어도 소용이 없었다. 그러자 아이네이아스가 두 손을 하늘로 쳐들고 신들에게 도움을 청했다.

"전능하신 제우스 님! 당신이 우리 트로이인들을 미워하시는 것이 아니라면, 인간의 고통을 굽어보시며 진정으로 불쌍히 여기는 마음을 가지고 계신다면 우리 함대가 불길에서 벗어날 수 있게 해주십시오!"

그가 기도를 끝내자마자 폭풍우가 밀려오며 비가 억수같이 쏟아졌다. 마침내 불길이 모두 잡혔고 4척을 제외하고는 나머지 함선들은 구할 수 있었다.

불을 끄고 배들을 구했지만 막막하기는 아이네이아스도 마찬가지였다. 그 또한 이곳에 그냥 정착할 것인지 약속의 땅을 찾아 항해의 모험을 계속할 것인지 갈등이 일었다. 그때 원로 중의 원로인 나우테스가 그에게 말했다.

"여신의 아드님, 운명이 우리를 앞으로 인도하든 뒤로 인도하든 따르기로 합시다. 그대 곁에는 그대를 진심으로 아끼는 시칠리아의 왕 아케스테스가 있습니다. 그와 협력하십시오. 잃어버린 함선의 선원들과 우리의 위대한 과업에 싫증 난 사람들을 이곳에 남겨두고 떠나도 되는지 물어보십시오. 나이 많은 노인들과 지칠 대로 지친 어머니들, 허약한 이들을 이곳에 남겨도 되는지 물어보십시오."

그의 제안에 아이네이아스는 적지 않게 위안이 되었지만 여전히 망설였다.

그날 밤 그의 꿈에 아버지 안키세스의 환영이 나타나 말했다.

"소중한 내 아들아, 나는 네 함대의 불길을 잡아주신 제우스님의 명령을 받고 왔단다. 나우테스의 조언을 따르도록 해라. 트로이인들 가운데 가장 용감한 자들만 골라 이탈리아로 떠나도록 해라. 하지만 그 전에 네가 해야 할 일이 있다. 저승에 있는 하데스의 집으로 나를 찾아가서 만나도록 해라. 그러면 내가 네 앞날에 대해 이야기해주마."

말을 마친 후 안키세스의 환영은 사라졌다.

아이네이아스는 즉시 동료들을 모아놓고 자신의 마음속 결의를 이야기했다. 그리고 아케스테스 왕에게 이곳에 남기를 원하는 이들을 받아줄 수 있는지 물었다. 아케스테스는 선선히 그의 제안을 받아들였다. 그는 노인들과 허약한 이들, 남기를 원하는 이들을 모두 새 도시에 등록했다. 그들은 위대한 미래의 영광을 생각하기보다는 영광이 있기까지의 고난을 두려워하는 사람들이었다. 아이네이아스는 아케스테스 왕과 함께 그들의 집을 배정해주었다. 그러고는 이곳이 그들의 트로이가 되게 하라고 당부했다. 아이네이아스와 함께 영광의 길을 가기로 한 동료들은 배를 수리하고 노와 밧줄을 갖추며 출항 준비를 했다.

떠나는 사람, 남는 사람 모두 함께 9일 동안 잔치를 벌였고 제단에 제물을 바쳤다. 부드러운 미풍이 파도를 고르게 했고 남풍이 끊임없이 불어와 그들을 바다로 부르고 있었다. 이제 남는 이들과 떠나는 이들 간의 애처로운 이별만이 남았다. 남기를 원한 남자들은 마음을 바꾸어 어떤 어려움이든 견뎌낼 수 있다며 함께 떠나겠다고 했다. 하지만 아이네이아스는 그들을 다정한 말로 달래며 아케스테스 왕에게 맡겼다. 이어서 송아지 3마리와 새끼 양 1마리를 폭풍의 신들에게 제물로 바친 후 출항했다.

그사이 아이네이아스의 어머니 아프로디테는 포세이돈을 찾아갔다. 걱정이 가시지 않았기 때문이었다. 그녀는 삼촌 포세이돈에게 불만을 털어놓았다.

"바다의 신 포세이돈 님! 헤라 여신이 도저히 노여움을 풀지 않으니 당신에게 간청할 수밖에 없네요. 어떤 선의의 말도, 기나긴 세월도 그녀의 마음을 누그러뜨리지 못하네요. 얼마 전 리비아 해안에서 그녀가 얼마나 광기에 사로잡혔었는지 보셨을 거예요. 그녀는 당신 왕국에서 감히 그런 일을 저질렀지요.

그런데 이번에 또 트로이의 여인들을 부추겨서 못된 짓을 저지르게 했어요. 제 아들이 이제 항해를 시작했는데 그녀가 다시 무슨 일을 저지를지 정말 걱정이 돼요. 제발 아들과 일행이 당신에게 돛을 맡기고 무사히 물을 건너 라티움의 티베르강에 닿을 수 있게 해주세요."

"두려워하지 마시오. 내 비록 트로이를 뒤엎어놓고 싶었지만 그대 아들만은 늘 보호해주었소. 그대가 기도한 대로 그는 무사히 라티움 근처 포구에 도착할 거요. 단 한 사람만이 목숨을 잃고, 나머지들은 모두 무사히 그곳에 이르게 될 것이오."

포세이돈의 대답에 여신은 기뻐했다. 포세이돈은 황금 말들에 마구를 채우고 입에 재갈을 물렸다. 그리고 고삐를 한껏 늦추어주었다. 그런 후 마차를 타고 검푸른 바다 위로 가볍게 나아가자 물결이 가라앉고 바다가 잔잔해졌으며 하늘에서 먹구름이 걷혔다.

하늘이 개고 바다가 고요해진 것을 본 아이네이아스는 모든 불안이 사라지고 차분한 기쁨에 젖었으며 마음이 설레기까지 했다. 그는 돛대를 한껏 펼치라고 명령했다. 불어오는 바람에 배는 드넓은 바다를 거침없이 나아갔다.

이윽고 밤이 되었다. 선원들은 의자 위에 축 늘어져 온몸의

긴장을 풀고 조용히 쉬고 있었다. 그때 잠의 신이 어둠을 헤치며 하늘에서 미끄러져 내려왔다. 그는 트로이 병사의 모습을 한 채 키잡이 팔리누루스의 앞에 나타나서 말했다.

"팔리누루스! 순풍이 이어지고 있으니 그대도 쉬도록 해요. 자, 잠시 눈을 붙이시오. 내가 대신 키를 잡아주겠소."

그가 거부하자 잠의 신은 그에게 잠을 쏟아부었다. 그가 잠이 들자 잠의 신은 그를 맑은 바닷물에 내던졌다. 아무도 그가 바다에 빠지는 것을 몰랐다. 포세이돈이 말한 대로 모두의 순조로운 항해를 위한 제물이 된 것이다. 아이네이아스는 자신의 배가 키잡이를 잃고 바다 위를 표류하고 있음을 발견하고는 손수 키를 잡았다. 그는 동료를 잃은 것에 슬퍼하며 탄식했다.

"팔리누루스, 그대는 맑은 하늘과 잔잔한 바다를 너무 믿었구나. 끝내 해안에 묻히지 못하고 차가운 바닷물에 몸을 누이고 말다니!"

저승에 가서 아버지를 만나다

아이네이아스의 함대는 순조로운 항해 끝에 마침내 이탈리아의 쿠마이 해안으로 들어섰다. 쿠마이 해안에 도착한 아이네이아스는 즉시 무녀 시빌라의 동굴로 찾아갔다. 시빌라의 입을 빌려 아폴론의 신탁을 듣기 위해서였다. 그녀는 가사 상태에 빠지면 아폴론의 신탁을 전하는 여사제였다.

아이네이아스 일행이 동굴 앞에서 송아지 7마리와 암양 7마리를 제물로 바치자 시빌라가 나타나 말했다.

"그대들에게 신탁을 전할 때가 되었군요. 저기 아폴론 신께서 와 계세요."

말을 마친 그녀는 얼굴빛이 변하고 머리카락이 풀어 헤쳐졌다. 또 숨을 헐떡였고 심장은 심한 흥분으로 부풀어 올랐다. 그녀가 아이네이아스에게 말했다.

“무엇을 망설이고 있는 거예요? 빨리 아폴론 신께 기도해요! 그래야 내 입이 열릴 거예요!”

그녀의 말에 따라 아이네이아스가 정성껏 기도했다.

“아폴론 님, 우리는 신의 뜻에 따라 드디어 이곳에 도착했습니다. 저희에게 이곳 라티움에 정착할 것을 허락해주십시오. 저희는 아폴론 님을 위한 신전을 지을 것이며 제물 바치는 일을 거르지 않을 것입니다.”

그러자 시빌라의 입이 드디어 열렸다.

“오, 그대, 마침내 바다의 위험들을 물리친 자여! 트로이인들은 라티움 땅으로 들어갈 것이다. 그러나 그대들은 이곳에 온 것을 후회하게 되리라. 내 눈에 전쟁들이, 끔찍한 전쟁들이, 피거품이 부글거리는 티베르강이 보이는구나. 라티움에 이미 제2의 아킬레우스가 태어났으니, 그 역시 여신의 아들! 그대들과 처절한 전쟁을 벌이게 되리라! 또한 헤라가 그대들을 뒤쫓으며 괴롭힐 것이니, 이방의 신부가 그 모든 재앙의 원인이 될 것이다! 그러나 그대는 이 모든 재앙에 무릎 꿇지 말고 그대 운명이 허락하는 한 과감히 맞서도록 하라. 그대를 도와줄 왕이 나타날 것이다.”

아이네이아스는 시빌라의 입을 통해 전해지는 아폴론의 신탁이 온통 수수께끼 같았다. 단지 모든 재앙에 과감히 맞서라는 말만 마음에 새길 수 있었다. 그는 시빌라에게 말했다.

"예언의 처녀여! 내 청을 한 가지 들어주시오. 이곳에는 저승으로 향하는 문이 있다고 들었소. 나를 사랑하는 아버지 앞으로 갈 수 있게 해주시오. 그대가 우리를 안내해 신성한 문을 열어주시오."

그러자 시빌라가 대답했다.

"신의 피를 받아 태어난 자! 안키세스의 아들! 지하로 내려가는 것은 쉬워요. 검은 하데스의 문은 언제나 열려 있으니까. 그런데 발걸음을 되돌려 이 세상으로 다시 오는 일은 어려워요. 제우스께서 각별히 사랑하셨던 소수만이 돌아올 수 있었지요. 스틱스강을 두 번 건너는 것이 그대의 소원이라면 내 인도해주겠어요. 하지만 그 전에 해야 할 일이 있어요. 나무들 사이에 황금 잎이 달린 황금 가지 하나가 감추어져 있는데 그 가지를 따야만 지하로 들어갈 수가 있죠. 페르세포네 여신이 그것을 자기에게 바치는 이에게만 지하의 문을 열어주기 때문이에요. 그런 다음 검은 가축들을 몰고 와 제물을 바쳐야 산 사람이 밟아서는 안 되는 왕국의 문이 열려요."

시빌라의 말을 들은 아이네이아스 일행은 숲으로 들어갔다. 그리고 황금 가지를 찾기 위해 나무들을 베며 숲속을 뒤지기 시작했다. 하지만 황금 가지는 좀처럼 모습을 드러내지 않았다. 그때 하늘에서 비둘기 한 쌍이 내려오더니 푸른 풀밭 위에 앉았다. 그 새들이 어머니 아프로디테의 새들인 것을 알아보고 아이네이아스는 기뻤다. 그가 새들에게 길을 알려달라고 말하자 새들이 그들이 따라올 수 있을 만한 거리를 유지하며 날아갔다. 그러더니 하늘 위로 높이 날아올랐다가 두 종류의 잎이 달린 나무 위에 앉았다. 가지들 사이로 황금빛이 반짝이는 것이 보였다. 아이네이아스는 황금 가지를 꺾어 들고 다시 시빌라에게 갔다. 그리고 시빌라가 시킨 대로 검은 가축들을 몰고 와서 제물로 바쳤다.

무녀가 의식을 치른 후 죽은 황소들을 통째로 불길 위에 얹고 기름을 붓자 발밑에서 땅이 열리며 저승의 개들이 짖는 소리가 들려왔다. 저승의 여신 헤카테가 다가오고 있다는 신호였다. 그러자 시빌라가 아이네이아스를 제외한 모든 사람들에게 물러서라고 한 다음 아이네이아스에게 일렀다.

"자, 칼을 뽑아 들어요. 지금이야말로 그대에게 용기가 필요한 때니까!"

아이네이아스는 아무 두려움 없이 칼을 빼어 들고 무녀의 뒤를 따랐다.

그들은 어둠 속에서 하데스의 빈 궁전들과 황량한 왕국을 지나고 있었다. 저승의 입구 앞에는 슬픔과 후회가 누워 있었다. 또 무서운 병과 공포와 배고픔과 죽음이 있었다. 이어서 죽음과 한 핏줄인 잠과 쾌락이 있었고, 그 맞은편에 죽음을 가져다주는 전쟁이 자리 잡고 있었다. 또한 그곳에는 피범벅인 머리띠로 뱀 머리카락을 묶고 있는 불화의 여신도 있었다. 중앙에는 거대한 느릅나무가 가지들을 드리우고 있었는데 잎들마다 거짓되고 헛된 꿈들이 매달려 있었다. 그리고 온갖 괴수들이 입구 앞에 머물러 있었다. 괴수들을 본 아이네이아스는 그것들을 향해 칼을 겨누었다. 시빌라가 그것들이 실체 없는 허상일 뿐이라고 일러주지 않았더라면 그는 덤벼들어 헛되이 칼을 휘둘러댔을 것이다.

바로 그곳에 아케론강의 지류가 시작되고 있었으며 뱃사공 카론이 무섭고 누추한 모습을 하고 지키고 있었다. 그는 손수 상앗대로 배를 저어 죽은 자들을 강 건너편으로 건네주는 사공이었다.

그 강가로 수많은 영혼들이 떼를 지어 모여들었다. 가을 추위에 우수수 떨어지는 낙엽보다 많은 수의 영혼들이 배를 향해 몰려가고 있었다. 그들은 저마다 어서 먼저 강을 건너게 해달라고 카론에게 애원했다. 그러나 무뚝뚝한 뱃사공은 어떤 이들은 받아들였고 어떤 이들은 강가에 접근하지 못하도록 밀쳐냈다. 그 모습을 본 아이네이아스가 여사제에게 물었다.

"저들은 왜 저 강을 건너게 해달라고 애원하는 거지요? 왜 어떤 이들은 건너고 어떤 이들은 남는 겁니까?"

그러자 시빌라가 대답했다.

"안키세스의 아들, 그대가 지금 보고 있는 것은 이승과 저승의 경계를 이루는 스틱스강이에요. 신들도 맹세를 할 때 스틱스강에 대고 맹세를 하지요. 제우스 님이라 하더라고 스틱스강에 대고 한 맹세는 거역할 수 없어요. 죽은 자는 저 강을 건너야 비로소 저승으로 갈 수 있지요. 무사히 강을 건너는 건 무덤에 묻힌 이들의 영혼이에요. 무덤에 묻히지 못한 채 아무도 시신을 돌보지 않는 이들의 영혼은 이 강을 건너지 못하고 100년 동안 강가를 헤매야 해요."

아이네이아스와 시빌라는 강가로 다가갔다. 그러자 뱃사공 카론이 그들을 보고 말했다.

"무장을 한 채 강으로 다가오고 있는 그대! 그대는 도대체 누구인가? 살아 있는 자는 이 강의 배를 탈 수 없는데 어째서 이곳으로 오는 건가?"

여사제가 대신 나서서 말하며 그에게 황금 가지를 보여주었다.

"그는 안키세스의 아들 아이네이아스예요. 그대가 아무리 저승의 강을 지키는 사공이라지만 저승까지 내려와 아버지를 만나려는 그의 효성에는 감동하지 않을 수 없을 거예요."

더 이상 말이 필요 없었다. 운명의 가지인 신성한 선물을 보는 순간 그는 두말없이 아이네이아스를 배로 데려갔다. 그러고는 배의 긴 의자에 미리 앉아 있던 영혼들을 쫓아내더니 아이네이아스를 태웠다. 그들은 마침내 스틱스강을 건너 갈대들 사이에 내렸다.

그들이 저승 입구로 들어서자 제일 먼저 어린 영혼들의 울음소리가 들렸다. 죽음의 신이 엄마의 젖가슴에서 억지로 떼어낸 어린아이들의 영혼이었다. 어린 영혼들은 제 몫의 달콤한 삶을 누리지 못한 것이 억울해서 울고 또 울었다. 다음으로는 억울하게 모함을 받아 사형 선고를 받은 이들의 영혼이 있었다. 생전에 크레타의 왕이었던 미노스가 재판관이 되어 다시 그들을 심판하고 있었다. 그들 다음 자리는 스스로 목숨을 끊은 이들이 차지하고 있었다. 그들은 고통스러운 삶이 힘들어 자기 손으로 목숨을 끊었지만 이곳 지하세계에서 더 가혹한 시련을 받고 있었다. 아, 불쌍하여라, 스스로 삶을 끝낸 사람들이여!

아이네이아스는 자살한 영혼들 무리 속에서 걸어가고 있는 디도의 모습을 발견했다. 어렴풋한 그녀의 모습을 알아보자마자 아이네이아스는 눈물을 흘리며 다정한 사랑의 말을 건넸다.

"불행한 디도, 당신이 칼로 생을 마감했다는 소문을 들었는데 그것이 사실이었단 말이오? 아, 당신은 정말 나 때문에 죽은 거요? 저 하늘에 걸고, 신들께 걸고 맹세하오. 나는 정말이지 내키지 않는 마음으로 당신 곁을 떠났다오. 당신을 떠나라고 신들께서 엄명을 내렸기 때문이오. 내가 떠나는 것이 당신에게 그토록 큰 고통을 안겨줄 줄은 미처 몰랐소!"

아이네이아스는 눈물을 흘리며 그녀를 달랬다. 그러나 그녀는 말없이 그를 노려보더니 홱 돌아서서 그늘진 숲속으로 달아나버렸다. 그 숲속에서는 그녀의 전 남편 시카이우스가 그녀의 고통을 어루만지며 사랑에 사랑으로 보답하고 있었다.

아이네이아스는 시빌라가 이끄는 대로 계속 길을 걸었다. 아직 낙원과 지옥의 갈림길이 나오기 전에 그들은 전쟁에서 죽은 이들의 영혼들을 만났다. 아이네이아스는 전쟁터에서 고락을 함께했던 옛 동료들의 영혼을 만나, 때로는 반가워하고 때로는 눈물을 흘리며 그들과 이야기를 나누었다. 아이네이아스가 정신없이 그들과 이야기를 나누며 시간을 보내자 시빌라가 경고했다.

"아이네이아스, 어느새 밤이 다가오고 있어요. 그대는 아버지를 만나기도 전에 울면서 시간을 다 보낼 셈인가요? 자, 빨리 길을 재촉해요. 여기서 길은 양쪽으로 갈라져요. 오른쪽 길은 위대한 하데스의 성벽 아래로 이어지는 길로 낙원인 엘리시움으로 통하지요. 그대 아버지를 만나려면 그쪽으로 가야 해요. 왼쪽 길은 악한 자들을 응징하는 길이죠. 그들은 지옥에서도 가장 깊은 곳인 무시무시한 타르타로스로 가게 되어 있어요."

아이네이아스가 왼쪽으로 눈길을 돌리니 절벽 아래 세 겹의 성벽으로 둘러싸인 넓은 도시가 보였다. 그리고 불길이 강물처럼 도시 한복판을 휘감아 흐르고 있었다. 앞에는 그 누구도 무너뜨릴 수 없는 거대한 문이 있었고 복수의 여신이 피투성이 옷을 입고 그 위에 앉아 지키고 있었다. 그리고 안에서는 신음소리와 채찍 소리와 쇠사슬이 끌리며 철꺽거리는 소리가 쉬지 않고 들려왔다. 아이네이아스는 두려움에 떨며 시빌라에게 말했다.

"저들은 무슨 죄를 지어서 저곳으로 가게 된 거지요? 저들은 도대체 무슨 벌을 받고 있는 겁니까?"

"트로이인의 위대한 지도자 아이네이아스! 순결한 이들은 저 저주받은 문턱에 발을 들여놓지 못하게 되어 있어요. 대지와 달과 저승의 여신인 헤카테께서 어떤 자들이 저런 벌을 받게 되는지 나한테 다 말해주셔서 잘 알고 있답니다.

저곳은 크레타 왕이었던 라다만티스가 다스리고 있어요. 그가 죄인들을 심문해서 그들이 이승에서 범한 죄를 다 고백하게 만들지요. 이승에서 자신이 지은 죄를 감추며 살았더라도 소용없는 짓이에요. 결국에는 이곳 저승에서 모두 밝혀지게 되어 있으니 처벌이 뒤로 미뤄진 것일 뿐이랍니다.

형제자매를 미워하거나 부모에게 불효한 자, 남을 속인 자, 그런 자들이 지옥에 떨어지지요. 자신이 모은 재산을 혼자 독차지하고 앉아 다른 사람들에게 아무것도 베풀지 않은 자도 지옥에 떨어져요. 지옥에 떨어진 자들 중에는 이런 탐욕의 죄를 지은 자들이 가장 많아요. 또 남편과 아내가 아닌 사람과 바람을 피운 자, 동포를 배신하고 그들에게 무기를 겨눈 자도 저 지옥으로 가게 돼요. 주인에게 불충한 자 역시 저곳에 갇혀 벌을 기다리지요. 아이네이아스, 그대는 그들이 어떤 벌을 받는지 알려고 하지 말아요. 너무나 끔찍하니까. 어떤 자는 거대한 바위를 산 위로 밀어 올리는 벌을 받고 있죠. 산 위로 밀어 올린 바위는 다시 아래로 떨어져 끝없이 되풀이해서 바위를 산 위로 밀어 올려야만 하지요. 또 어떤 자는 수레 바큇살에 영원히 매달려 함께 돌아가는 벌을 받아요. 영원히 타오르는 불길 속에서 고통받는 자도 있죠. 내 입이 100개라도 그들이 받는 벌을 일일이 다 들 수 없을 거예요. 저들은 올림포스 산 높이보다 두 배는 더 깊은 저 깊고 깊은 지옥의 심연 속에서 온갖 형벌을 받고 있답니다."

말을 마친 후 그녀는 아이네이아스를 재촉했다.

"자, 이제 엘리시움으로 들어가 서둘러 그대 아버지를 만나도록 해요. 저기 성문이 보이는군요."

그들은 함께 어두컴컴한 길을 걸어가 곧 출입문에 다다랐다. 아이네이아스는 몸에 신선한 물을 뿌린 뒤 문턱에 페르세포네에게 바칠 황금 가지를 꽂았다. 그러자 문이 활짝 열렸고 그들은 축복받은 기쁨의 나라로 들어갔다. 눈부신 빛이 드넓은 들판을 비추고 있었고 수많은 영혼들이 그곳에서 그들이 살아 있을 때 즐기던 놀이와 운동을 하고 있었다. 그들은 조국을 위해 싸우다가 목숨을 잃은 이들과 살아생전 어떤 흠도 없이 깨끗

했던 사제들의 영혼이었다. 또한 그중에는 아폴론을 받든 경건한 예언자들과 다른 사람들에게 봉사를 해서 그들의 기억에 오래 남은 이들의 영혼도 있었다. 시빌라는 그곳에서 한 예언자를 만나 어디로 가야 안키세스를 만날 수 있느냐고 물었다. 그러자 그 예언자가 그들을 안키세스에게 직접 데리고 갔다. 안키세스는 아이네이아스가 풀밭을 지나 자신에게 다가오는 것을 보고 반갑게 손을 내밀었다. 그리고 눈물을 흘리며 말했다.

"내 아들아, 드디어 네가 왔구나! 효성으로 온갖 어려움을 이겨내고 내 곁으로 왔구나! 네가 반드시 오리라고 믿고 날을 헤아리고 있었는데 과연 기대에 어긋나지 않았어. 내 아들아, 나는 네가 어떤 고난을 겪었는지 다 알고 있단다. 디도 여왕이 너를 해칠까봐 얼마나 두려웠는지 몰라."

아이네이아스는 반가운 마음에 아버지를 껴안으려고 했으나 아버지의 환영은 마치 가벼운 바람결처럼, 날개 달린 꿈처럼 그의 품에서 빠져나갔다.

그때 골짜기 뒤편으로 흘러가는 레테강이 아이네이아스의 눈에 들어왔다. 그 강 주위로 수많은 영혼들이 날아다니고 있었다. 아이네이아스는 그 모습을 보고 놀랐다. 그는 아버지에게 저 강은 무슨 강이며 저 강가 주변에 왜 저렇게 많은 영혼들이 모여 있는 것이냐고 물었다.

그러자 안키세스가 대답했다.

"아들아, 저 강은 망각의 강 레테란다. 죽은 이들의 영혼이 저 물을 마시면 지난 일을 다 잊어버리게 된단다. 저들은 신의 운명에 따라 두 번째로 육신을 부여받게 된 영혼들이야. 저들은 저 강물을 마시고 다시 세상에 태어나게 된단다."

아이네이아스는 깜짝 놀라 아버지에게 물었다.

"아니, 여기 있는 영혼들 중에 다시 지상으로 올라가 육신을 갖게 되는 영혼들이 있다고요? 왜지요? 왜 이곳 낙원을 떠나 다시 세상에 태어나겠다는 생각을 품는 건가요?"

"아들아, 우주 순환의 법칙을 숨김없이 말해주마. 지상의 모든 살아 있는 것들은 본래 하늘과 땅과 바다와 해와 달의 생명력을 받아 탄생한 것이야. 이승의 삶이란 그 생명력을 잠시 빌려 쓰는 임시 거처일 뿐이란다. 그 생명력이 본래 있던 곳, 그곳이 바로 인간 정신의 고향이지. 그런데 많은 인간들이 육신의 욕망, 두려움, 슬픔, 기쁨에 젖어 본래 고향의 빛, 하늘의 빛을 잊어버리고 만단다. 이승에서 육신의 욕망에 사로잡혀 있던 인간은 죽어서도 정신이 자유로워지지 못해. 이승에서 누린 욕망을 그리워하고 아쉬워하는 것이지. 그래서 그 정신은 죽어서도 육신과 헤어져 천상으로 가지 못하고 지상 근처를 헤매기 마련이란다. 그리고 그 대가로 벌을 받는 거야.

우리는 죽은 후에 저마다 자신의 운명을 받아들이게 되어 있단다. 그중 본래 자신의 고향을 잊지 않고 살았던 소수의 순결한 영혼만이 엘리시움의 기쁨의 들판에서 살 수 있어. 그 순결한 영혼들은 이곳에서 긴긴 세월을 지내며 영혼 속에 남아 있던 이승의 얼룩을 지운단다. 그래서 저 하늘에서 태어났을 때의 순수함을 되찾는 거야. 수천 년이 지나 원래의 순수함을 되찾은 영혼들은 다시 이 레테강으로 나오도록 신의 부름을 받는단다. 그 영혼들은 저 레테 강물을 마신 후 이곳에서 지낸 기억을 깡그리 잊어버린단다. 그러고 나면 이승으로 되돌아가 육신의 삶을 살고 싶은 욕망을 느끼고, 자신이 가장 사랑하는 어머니의 몸을 빌려서 다시 태어나게 되는 거야."

긴 말을 마친 안키세스는 아들과 시빌라를 데리고 언덕 위로 갔다. 그곳에서는 많은 영혼들이 긴 행렬을 짓고 있었다. 그들은 모두 레테 강물을 마시고 다시 지상에서 태어날 순수한 영혼들이었다. 아이네이아스는 그들의 얼굴을 또렷이 분간할 수 있었다. 그들을 바라보며 안키세스가 아들에게 말했다.

"자, 이제 너에게 우리 트로이 자손들이 어떤 영광을 누리게 될지 일러주도록 하마. 저기 저 젊은이가 보이지? 그가 저들 가운데 맨 먼저 지상으로 오를 것이다. 그는 너의 막내아들로 태어나 실비우스라는 이름을 가질 것이다. 나중에 네가 늙을 때까지 그의 어머니가 그를 숲속에서 왕으로서 길러줄 것이니 그가 알바롱가를 다스리게 될 것이다. 그리고 저 옆의 젊은이들을 보려무나. 그들이 알바롱가를 물려받아 다스리면서 너의 가문을 빛내줄 것이다. 그리고 저기 저 젊은이가 바로 전쟁의 신 아레스의 피를 이어받을 로물루스다. 그는 어머니 일리아의 품에서 자라나 로마를 물려받을 것이고, 그가 이어받은 로마는 온 천하를 지배하면서 그 굳센 기상과 진취적인 정신이 하늘을 찌를 것이다.

자, 이제 고개를 이쪽으로 돌려 네 로마 민족을 보려무나. 네 모든 자손들이 여기 함께 있다. 그 가운데 저 젊은이가 바로 신의 아들 아우구스투스 카이사르란다. 그가 라티움의 들판에 황금시대를 열 것이며 로마 제국을 아프리카와 인도까지 확장할 것이다."

이어서 안키세스는 앞으로 세상에 태어날 아이네이아스의 후손들을 일일이 가리키며 카이사르 이후 로마 역사의 미래에 대해 길게 설명했다. 그런 다음 이렇게 말을 맺었다.

"아들아, 자랑스러운 로마인으로서 명심하거라! 권위로써 여러 민족을 다스리고, 평화를 지키려고 애쓰도록 해라. 패한 자들에게는 관용을 베풀고 교만한 자들은 군사를 일으켜 멸망시키도록 해라!"

그런 후 안키세스는 아들을 데리고 다니며 아들이 눈앞에 두고 있는 미래의 영광을 일일이 보여주고 설명해주었다. 그럼으로써 아버지는 아들의 눈을 미래를 향해, 세계를 향해 열리게 만들었고 그의 마음속에 희망의 불을 심어주었다. 그는 아들이 앞으로 치르게 될 전쟁에 대해서도 이야기해주고, 그가 맞이할 위기와 고난을 이기는 방법도 알려주었다.

모든 말을 마친 안키세스는 아들과 시빌라를 꿈의 문으로 인도했다. 그곳에는 뿔로 된 문과 상아로 된 두 문이 있었다. 안키세스는 둘 중 상아로 된 문을 통해 그들을 내보냈다. 뿔로 만들어진 문은 죽은 자의 영혼이 밖으로 나갈 수 있는 문이고 상아로 된 문은 거짓 영혼이 밖으로 나갈 수 있는 문이었다.

그 문을 통해 지상으로 되돌아온 아이네이아스는 함대로 가 일행과 합류했다. 그리고 곧 배를 띄워 해안을 따라 라티움 지방의 항구 도시 카이에타를 향해 출발했다.

약속의 땅 라티움과 전쟁의 시작

아이네이아스 일행은 순조롭게 항해를 계속해 카이에타 항에 잠시 머문 후 다시 아우소니아(이탈리아) 해안에 상륙했다. 아우소니아는 라티누스 왕이 다스리고 있었다. 그에게는 아들이 없고 딸만 하나 있었는데 이름은 라비니아였다. 라비니아가 결혼할 나이가 되자 왕국의 수많은 남자들이 그녀에게 구혼을 했다. 그들 가운데 가장 미남은 루툴리족의 왕인 투르누스였다. 왕비 아마타는 그가 마음에 들어 그를 사위로 점찍고 있었다.

그런데 어느 날 이상한 일이 벌어졌다. 궁전의 안뜰에는 한 그루의 신성한 월계수가 자라고 있었다. 어느 날 그 나무 주위로 수많은 벌 떼가 몰려들더니 푸른 나뭇가지에 새까맣게 매달리는 것이 아닌가! 그 모습을 본 예언가가 말했다.

"내 눈에 어떤 영웅이 이방으로부터 오는 것이 보입니다! 그와 함께 군대가 와 성 위에서 다스리는 것이 보입니다."

그뿐이 아니었다. 라티누스 왕이 제단의 제물에 불을 지르자 그 불이 곁에 있던 딸 라비니아의 긴 머리카락에 옮겨 붙어 그녀의 장신구가 몽땅 타버리는 광경이 보였다! 그러고는 불꽃에 휩싸인 그녀가 돌아다니며 온 궁전을 불사르는 모습이 보였다. 이어서 예언자들의 입에서 소문이 퍼졌다. 그녀 자신의 명성은 더없이 크게 빛날 것이나 이곳 사람들에게는 무서운 전쟁이 닥칠 것이라는 노래가 거리에 퍼졌다.

그 모든 것을 신의 뜻으로 여긴 라티누스 왕은 예언의 능력을 가진 자신의 아버지, 숲과 사냥과 목축의 신 파우누스의 신전에 가서 제물을 바치고 기도를 했다. 그러자 아버지의 목소리가 들려왔다.

"아들아, 네 딸을 라티움인과 결혼시키지 마라. 이방인이 와서 네 사위가 될 테니 그는 자신의 핏줄로 우리의 이름을 빛낼 것이다."

아버지의 충고를 들은 라티누스 왕은 아우소니아의 온 도시들에 그 소식을 전했다. 딸에게 아무도 청혼하지 말라는 뜻에서였다.

한편 육지에 오른 아이네이아스는 몇몇 장군들과 커다란 나무 그늘 아래에 음식을 차려놓고 느긋하게 식사를 하고 있었다. 그들은 풀 위에 식탁 대신 큼지막한 밀가루 빵을 깔고 그 위에 음식물과 과일을 놓고 식사를 했다. 하지만 음식이 모자랐다. 음식을 다 먹었는데도 허기가 가시지 않아 그들은 식탁으로 사용했던 얇고 둥그런 밀가루 빵까지 싹 먹어치웠다. 그러자 아이네이아스의 아들 아스카니우스가 농담을 했다.

"이거 우리, 식탁까지 다 먹어버렸네요."

아들의 말을 들은 아이네이아스가 모두에게 말했다.

"여러분! 우리는 이제 약속의 땅, 우리 운명의 땅에 드디어 도착했소. 아버지 안키세스께서 전에 내게 이렇게 예언하셨소. '내 아들아, 명심해라. 네가 어떤 해안에 도착해 너무 허기가 져서 식탁마저 먹어버린다면, 그곳이 바로 네 손으로 집을 짓고 성을 쌓을 땅이다.' 자, 이제 우리는 마지막 시험을 앞두고 있소. 그러니 해가 뜨는 대로 여기가 어디인지, 어떤 사람들이 살고 있는지 알아보도록 합시다."

날이 밝자 아이네이아스 일행은 흩어져 정찰에 나섰다. 그들은 이곳에 티베르강이 흐르고 있고 라틴족이 살고 있음을 알아냈다. 아이네이아스는 선물을 든 사절단을 왕이 사는 도시로 보내는 한편 자신들이 머무는 곳에 쌓을 성벽 모양을 그리고 땅을 골랐다. 그리고 진지로 삼을 방어벽을 세웠다.

얼마 지나지 않아 사절단이 라티누스 왕의 궁전에 도착했다. 트로이 사람들이 왕궁 앞에 와 있다는 소식을 들은 왕은 옥좌 위에 앉아 그들을 들어오게 했다. 사절단을 본 왕이 그들에게 물었다.

"이야기해보시오, 트로이인 여러분. 그대들은 어째서 이곳 아우소니아 해안까지 오게 된 거요? 우리 크로노스의 자손들은 평화를 사랑하는 사람들이니 안심하고 이야기해보시오."

그러자 사절단 대표인 일리오네우스가 대답했다.

"라티누스 님! 우리는 파도에 밀려 이곳에 온 것도 아니고 길을 잃어서 이곳에 온 것도 아닙니다. 우리의 확고한 의지로 이곳에 온 것입니다. 제우스 님의 피를 이어받은 우리의 지도자 아이네이아스께서 분명히 말씀하셨습니다. 허다한 고생을 하며 머나먼 바다를 항해한 끝에 마침내 우리가 정착할 곳을 찾았다고……. 우리는 우리 조국의 신들을 모실 수 있는 작은 보금자리를 당신이 다스리는 해안가에 마련하고자 합니다. 우리가 이곳에 도착하기까지 만난 수많은 부족들이 우리 손을 잡고 함께 지내자고 간청을 했었습니다. 그러나 신들의 뜻에 따라 모두 물리치고 이곳까지 왔습니다. 당신은 우리를 받아준 것에 대해 조금도 후회하지 않을 것입니다. 여기 우리 왕께서 당신에게 바치는 선물이 있습니다. 우리의 간청과 선물을 물리치지 말아주십시오."

왕은 일리오네우스의 이야기를 들으면서 아버지 파우누스가 내린 신탁을 떠올렸다. 그리고 속으로 생각했다.

'그래, 그 사람이야, 이방에서 온 사윗감이 바로 그 사람임에 틀림없어.'

마음을 굳힌 라티누스 왕이 대답했다.

"트로이인 여러분, 그대들의 소원은 이루어질 것이오! 다만 한 가지 조건이 있소. 아이네이아스가 직접 이곳으로 와야 하오. 내게는 딸이 하나 있소. 예언에 따르면 그 애는 우리 종족과 결혼할 수 없게 되어 있소. 먼 이방에서 한 사람이 와서 내 사위가 되어 우리의 이름을 드높이리라는 예언이 있었소. 그대들의 왕 아이네이아스가 바로 그 사람임에 틀림없소."

왕은 말을 마친 후 자기 마구간에서 가장 뛰어난 말을 고른 후 황금으로 장식했다. 그러고는 전차와 함께 그 말을 아이네이아스에게 선물로 주었다. 사절단은 기쁜 마음으로 급히 아이네이아스에게 돌아갔다.

아, 신들의 질투와 원한만 없었다면 아이네이아스는 순조롭게 그곳에 그의 왕국을 건설할 수 있었을 텐데! 하지만 어쩔 수 없는 일! 헤라 여신은 아직도 예전에 아프로디테에게서 받았던 치욕을 잊지 않고 있었다!

헤라 여신은 아이네이아스 일행이 함선에서 내려 새 집들을 짓고 있는 것을 보았다. 그녀는 머리를 흔들며 한탄했다.

"지긋지긋하고 가증스러운 종족 같으니라고! 그 수많은 죽음의 위협에서 어째서 벗어날 수 있었지? 저자들을 파탄 내려고 온 힘을 다했는데 어떻게 인간의 힘으로 신인 나를 이길 수 있었지? 그렇지만 절대 이대로 물러설 수는 없어. 하늘의 신들을 움직일 수 없다면 저승의 신들이라도 움직여야지.

그래, 그가 라티움의 왕이 되는 것은 막지 않겠어. 라비니아와 결혼하는 게 운명이라면 그렇게 하라지. 하지만 그리 쉽게 내버려두지는 않을 거야. 그들은 장인과 사위가 된 대가로 자기 종족의 목숨을 잃게 될 거야! 파리스가 트로이 전쟁의 불씨가 되었듯이 아프로디테의 아들을 제2의 파리스로 만들겠어. 그를 무서운 재앙의 불씨로 만들고 말 거야!"

한탄 섞인 혼잣말을 마친 헤라는 지상으로 내려와 저승에 사는 복수의 여신 알렉토를 불러내 말했다.

"밤의 따님! 아이네이아스와 라비니아가 아무 어려움 없이 결혼하지 못하도록 만들어줘요. 사람들의 마음에 전쟁의 씨앗을 뿌려요. 그렇게 해서 내 명예를 지켜줘요."

사람들을 서로 싸우게 하고 사람들에게 증오를 심어주는 일을 알렉토가 마다할 리 있을까? 게다가 제우스 신의 아내 헤라의 부탁이 아닌가? 거절할 이유가 없었다. 알렉토는 곧장 라티움으로 날아가 라티누스 왕의 부인 아마타의 방문 앞에 내려앉았다.

아마타는 딸 결혼 문제로 속이 부글부글 끓고 있었다. 저 늠름한 투르누스를 마다하고 낯선 남자에게 덜컥 딸을 주겠다니 말이 되는 일인가! 신의 뜻은 다 무엇이고 예언은 또 무엇이란 말인가! 도대체 어머니인 나의 의견이 이렇게 무시되어도 된단 말인가!

알렉토는 자신의 머리에서 뱀 한 마리를 끄집어내어 아마타의 가슴 속 심장 가까이 밀어 넣었다. 뱀이 그녀의 부드러운 젖가슴 사이로 미끄러져 들어가 똬리를 틀어도 그녀는 그것을 느끼지 못했다. 뱀은 그녀의 몸에 독기를 불어넣었다. 그러자 뱀의 독이 그녀의 살 속 깊이 파고들어 그녀를 맹렬한 광기에 휩싸이게 만들었다.

뱀독에 중독된 아마타는 제정신을 잃고 밖으로 나가 미친 듯이 온 시내를 싸다녔다. 그녀가 미쳤다는 소문이 삽시간에 퍼져나갔다. 아, 아마타의 뱀독은 참으로 지독했다! 그녀가 미쳤다는 소문을 들은 도시의 어머니들 가슴에도 똑같은 광기가 옮겨 붙었다. 그들 모두가 집을 뛰쳐나와 거리로 나섰다. 왕비는 그들 한가운데 서서 외쳤다.

"라티움의 어머니 여러분! 어머니로서 내 권리가 이렇게 짓밟혀도 괜찮은가! 그대들에게 아직 어머니의 정이 남아 있다면 나를 따르라! 어머니의 권리를 생각한다면 모두 나를 따르라!"

도시의 모든 어머니들이 광기에 사로잡혀 아마타를 따랐다.

왕비를 미치게 만들어 라티누스의 계획을 뒤죽박죽으로 만드는 데 성공한 알렉토는 곧장 검은 날개를 펄럭이며 투르누스의 집으로 날아갔다. 투르누스는 깊은 잠에 빠져 있었다. 그녀는 헤라 신전의 늙은 여사제의 모습으로 변신한 후 젊은이의 꿈속에 나타나 말했다.

"투르누스, 그대는 그대의 왕홀이 낯선 트로이인에게 넘어가는데도 그냥 보고만 있을 셈이냐? 자, 지금 당장 나서라. 가서 그들을 무찌르고 라틴족의 평화를 지키도록 하라. 헤라 여신께서 직접 내게 명령하셨다. 그러니 어서 무장을 하고 나서서 그대가 얼마나 강력한지 보여주도록 하라!"

그러자 젊은 투르누스가 비웃는 투로 대답했다.

"나도 트로이 함대가 해안에 정박했다는 소식을 들었소. 그렇게 호들갑 떨 것 없소. 당신은 무슨 이유로 마치 예언자라도 된 것처럼 전쟁이 일어날 거라는 헛소문을 퍼뜨리고 다니는 거요? 노인네, 당신은 늙었으니 신상들이나 돌보고 신전이나 지키도록 하시오. 전쟁과 평화는 남자들의 일이니 당신이 나설 것 없소."

그러자 알렉토는 노여움에 휩싸였다. 그녀는 자신의 거대한 모습을 드러냈다. 그녀의 몸을 감싸고 있던 수많은 뱀들이 쉭쉭 소리를 내며 혀를 날름거렸다. 투르누스가 겁에 질리자 그녀가 채찍을 휘두르며 말했다.

"뭐가 어쩌고 어째? 내가 헛소문을 퍼뜨리고 다닌다고? 나는 저 지옥에서 온 여신이야! 나는 전쟁과 죽음을 몰고 다니는 여신이란 말이다!"

그녀는 소리를 지르면서 젊은이에게 횃불을 던졌다. 투르누스는 공포에 휩싸여 잠에서 깨어났다. 온몸이 땀에 흠뻑 젖어 있었다. 그는 미칠 듯한 열기에 사로잡혀 갑옷과 무기들을 가져오라고 소리쳤다. 그의 마음속에 전쟁을 향한 저주받은 광기가 불타올랐다. 투르누스는 루툴리족 젊은이들에게 모두 무장하라고 지시했다. 그러고는 라티누스의 왕궁을 향해 진격하라고, 트로이 놈들을 국경 밖으로 쫓아내어 이탈리아를 지키라고 명령했다. 루툴리족 용사들은 그의 명령에 따랐다.

알렉토의 음모는 거기에서 그치지 않았다. 그녀는 이번에는 트로이인들 쪽으로 날아갔다. 아이네이아스의 아들 아스카니우스가 개들을 데리고 사냥을 하고 있는 곳으로 찾아간 알렉토는 개들의 코에 무언가를 발라주었다. 그러자 개들은 일제히 수사슴 한 마리를 뒤쫓았다. 거대한 뿔이 달린 멋진 수사슴이었다. 알렉토의 음모는 빈틈이 없었다. 그 수사슴은 야생동물이 아니라 왕의 가축 가운데 하나였던 것이다. 왕의 가축을 돌보는 이가 어릴 때 데려다가 길들인 것으로, 낮에는 숲을 돌아다니다가 저녁이 되면 집으로 돌아오곤 하는, 모든 이들에게 사랑받는 수사슴이었다.

개들을 따라 수사슴을 쫓아가던 아스카니우스는 공명심에 불타 화살을 겨누었다. 활시위를 떠난 화살은 녀석의 배를 꿰뚫었다. 부상당한 짐승은 피투성이가 되어 울부짖으며 익숙한 자기 집 우리로 들어갔다. 사슴의 비명소리에 가족들이 모두 모였다. 그리고 분노했다. 그들은 평소 친하게 지내던 이웃 농부들을 모두 불렀다. 이웃 농부들이 장작개비와 몽둥이를 들고 모여들었다. 그러고는 아스카니우스에게 달려들었다. 아스카니우스를 구하려고 트로이 진영의 젊은이들도 쏟아져 나왔고 양측은 곧바로 싸움을 시작했다. 바로 이것이 고통스러운 전쟁의 시작이었다.

어머니들과 투르누스에게 광기를 불어넣고 라티움의 농부들과 트로이 젊은이들 사이에 싸움을 일으킨 복수의 여신 알렉토는 의기양양하게 헤라를 만나 그간의 일을 자랑스레 말했다. 헤라는 그녀에게 이제 자신의 집으로 돌아가라고 말했다. 그녀가 직접 마지막 손질을 하고 싶었던 것이다.

헤라는 모든 라티움 사람들에게 전쟁과 복수의 마음을 심어주었다. 그들은 궁전 앞에 모여들어 라티누스에게 전쟁에 나설 것을 간청했다. 숲속을 헤매는 어머니들의 남편들도 모두 라티누스 왕의 궁전 주위로 몰려들었다. 투르누스는 옆에서 그들을 부추겼다.

하지만 왕은 바위처럼 요지부동이었다.

"아, 저 어리석은 자들이 무슨 운명의 장난에 놀아나고 있는 건가! 자신들의 앞날에 혹독한 벌이 기다리고 있을 뿐임을 왜 모른단 말인가! 나중에 신들께 서약한들 무슨 소용이 있을까!"

그는 탄식하며 궁전 안에 틀어박혔다. 그러고는 나랏일을 아예 돌보지 않았다.

라티움에는 한 가지 관습이 있었다. 전쟁을 시작하려면 전쟁의 문을 열어야만 했다. 그리고 그 문을 열려면 원로원에서 전쟁을 하기로 결정해야만 했다. 라티누스 왕은 원로원을 소집하지도 않았으니 아무도 그 문을 열 수가 없었다. 그러자 이번에도 헤라 여신이 나섰다. 그녀는 하늘에서 내려와 자기 손으로 문을 활짝 열어젖혔다. 그 순간 이제까지 조용하고 평화롭기만 하던 아우소니아 전체가 전쟁의 열기로 활활 타올랐다. 아우소니아의 5개 큰 도시 전사들 전부가 전쟁을 위해 갑옷을 갖춰 입고 무기를 들었다. 군기를 드높이 쳐든 그들 귀에 진격의 나팔소리는 너무나 감미롭게 여겨졌다. 아우소니아의 병사들은 한목소리로 외치며 궁전 앞으로 몰려들었다.

"라티움에 영광을!"

"트로이는 물러가라! 트로이는 물러가라!"

동맹군을 찾아 팔란티움으로 가다

사절단을 통해 라티누스 왕의 우호적인 이야기를 전해 듣고 그의 선물까지 받은 아이네이아스는 안도의 숨을 쉬며 기쁨에 젖어 있었다. 그러나 그것도 잠시뿐, 아우소니아 병사들이 투르누스를 앞세운 채 전쟁의 깃발을 높이 들고 각지에서 모여들었다는 소식이 곧바로 그에게 전해졌다. 그의 마음은 이리저리 흔들릴 수밖에 없었다. 아, 신께서 인도하신 이 땅에서 물러나야만 하는 걸까! 아니면 피비린내 나는 전쟁을 또 치러야만 하는 걸까! 그는 고뇌에 잠긴 채 잠이 들었다. 그때 그의 꿈속에 티베르강의 신이 나타나서 말했다.

"신의 후손! 라티움의 온 들판이 목매어 기다리던 그대! 이곳이 그대에게 정해진 집이며 이곳이 그대의 신들이 쉴 곳이다. 절대 물러서지 마라. 그대를 방해하던 신들의 노여움은 다 진정되었으니 그대는 이곳에 영광스러운 이름의 도시 알바롱가를 세우게 될 것이다.

그대가 맞이한 어려움을 어떻게 이겨낼지 내가 일러주겠다. 이곳 강가에는 팔란티움이라는 이름의 도시가 있다. 그리스의 영웅 팔라스의 후손들이 세운 도시로 그의 이름을 따서 그렇게 부르고 있는 곳이다. 그들은 라틴족과 끊임없이 전쟁을 하고 있다. 빨리 그곳으로 가서 그들과 동맹을 맺도록 하라. 그대가 배를 띄우면 내가 그대를 곧장 그곳으로 인도하겠다."

팔란티움은 훗날 새롭게 로마가 세워질 바로 그곳이었다. 잠에서 깬 아이네이아스는 강의 신을 향해 감사의 기도를 한 후 동료들과 함께 배에 올랐다. 그리고 밤새도록, 또 그다음 날까지 쉬지 않고 노를 저어 앞으로 나아갔다. 강의 신이 물결을 일으켜 그들을 인도했다. 이틀째 되던 날 드디어 저 멀리 성곽과 드문드문 흩어져 있는 집들이 눈에 들어왔다. 드디어 팔란티움에 도착한 것이다. 이제는 로마라는 이름으로 그 명성이 하늘 끝까지 드높지만 그때는 그리스 출신의 에우안드로스가 다스리는 가난한 나라였다. 그들은 재빨리 도시를 향해 노를 저었다.

아이네이아스가 팔란티움 가까이 온 바로 그 순간, 에우안드로스 왕은 도시 밖에서 해마다 헤라클레스와 신들에게 제물을 바치는 의식을 치르고 있었다. 그들은 커다란 배들이 소리 없이 숲 사이로 미끄러져 들어오는 광경을 보고 깜짝 놀랐다. 그 중에서 에우안드로스 왕의 아들 팔라스가 언덕 위로 올라가 아이네이아스 일행을 향해 소리쳤다.

"이보시오. 당신들은 도대체 누구요? 어째서 이 길로 들어선 것이며 어디로 가는 거요?"

아이네이아스는 뱃머리에 서서 평화의 상징인 올리브 가지를 손에 들고 앞으로 내밀며 소리쳤다.

"우리는 트로이 출신이오. 라틴족이 우리에게 전쟁을 걸어와서 그들과 싸움을 하고 있소. 우리는 에우안드로스 왕을 찾고 있소. 그와 동맹을 맺기를 원하오!"

"그럼 우선 배에서 내리시오. 그리고 우리 아버지를 만나서 상의하시오."

팔라스는 아이네이아스 일행을 반갑게 맞아주었다. 그들은 강을 뒤로하고 숲속으로 들어가 왕을 만났다. 아이네이아스가 왕에게 말했다.

"고귀한 왕, 나는 트로이인이오. 하지만 그리스 출신 왕인 당신 앞에서도 전혀 두렵지 않소. 내가 용기가 있기 때문만은 아니오. 내 운명이 그러하고 신의 뜻이 그러하기 때문이오. 비록 트로이와 그리스 간에 오랜 전쟁을 겪었지만, 따지고 보면 한 핏줄에서 갈라져 나온 종족이오. 나는 당신을 믿기에, 그리고 당신의 명성을 믿기에 사절단을 미리 보내지 않고 이렇게 목숨 걸고 직접 찾아왔소.

루툴리족이 우리에게 전쟁을 걸어왔소. 우리를 물리친 다음에는 이 지역 전체를 손아귀에 넣겠다고 큰소리 치고 있소. 그러니 우리 동맹을 맺읍시다. 내 전사들은 더없이 용맹하며 사기 또한 드높으니 당신과 손을 잡는다면 그자들을 물리칠 수 있을 것이오."

아이네이아스가 말하는 동안 그의 모습을 유심히 살펴보았던 에우안드로스 왕은 즉시 대답했다.

"그대를 보니 그대 아버지 안키세스의 목소리와 모습이 생생하게 떠오르는구려. 그가 트로이 왕 프리아모스와 함께 여행하던 중에 이곳에 들른 적이 있소. 그때 나는 갓 솜털 같은 수염이 나기 시작한 젊은이였지……. 참으로 늠름하고 멋진 분이었소. 그분은 떠나면서 활과 화살 그리고 외투를 선물로 남겼다오. 그분 아들을 이렇게 직접 만나게 되다니 이 무슨 놀라운 인연인지! 좋소, 당장 동맹을 맺도록 합시다. 우리가 친구가 되었다는 뜻으로 우리의 신성한 의식에 함께 참석하도록 하시오. 우리는 지금 헤라클레스께 제물을 바치는 의식을 치르고 있소. 우리를 위험에서 구해주신 분이기 때문이오."

아이네이아스 일행은 기꺼이 의식에 참석했다.

의식을 끝내고 식사를 마치자 그들은 함께 도시로 돌아갔다. 나이가 많은 왕은 아이네이아스와 아들 팔라스를 길동무 삼아 돌아오는 길에 많은 이야기를 했다. 아이네이아스는 주위의 경치에 매료되어 사방을 둘러보았다. 그리고 유적이 보일 때마다 에우안드로스 왕에게 일일이 그 역사에 대해 물어보았다. 그러자 노인은 이 도시의 역사에 대해 자세히 이야기를 해주었다.

"여기 이 지역의 숲들은 숲과 목축과 사냥의 신 파우누스와 그 요정들이 살던 곳이오. 돌과 나무에서 태어난 사람들이 그들 신을 모시며 살았소. 그 사람들은 나무 열매를 따고 사냥을 하며 먹고살았지. 아직 문명을 몰랐던 거요. 그때 크로노스 신께서 이곳으로 오셨소. 아들 제우스와 벌인 싸움에서 져서 이곳으로 피신하신 것이었소. 크로노스께서는 여기저기 흩어져 사는 그 종족 사람들을 한데 모으고는 법을 만들어주고 나라 이름을 라티움으로 정해주셨소. 그때가 황금시대였지.

이후 아우소니아인 무리와 시카니인(시칠리아인) 무리가 잇달아 이곳으로 들어와 지배했고 그때마다 이름이 바뀌었다오. 나는 내 나라 그리스에서 추방되어 정착할 곳을 찾다가 이 지역의 한구석을 차지하게 된 것이오."

그들은 이야기를 주고받으며 검소한 에우안드로스의 궁에 도착했다.

아이네이아스의 어머니 아프로디테 여신은 아들과 아우소니아인 사이에 전운이 감도는 것을 보고는 놀라고 당황했다. 그녀는 남편인 불과 대장간의 신 헤파이스토스에게 매달려 애원했다.

"사랑하는 헤파이스토스! 아이네이아스가 아무리 고난에 빠져도 지금껏 나는 당신에게 도움을 요청하지 않았어요. 당신을 힘들게 하고 싶지 않아서였죠. 하지만 이제는 당신 도움이 필요해요. 아들은 지금 루툴리족의 해안에 있어요. 제우스께서 그 애를 그곳으로 인도한 거예요. 지금 그곳에서 전쟁을 앞두고 있으니 제발 그 애에게 갑옷과 무기들을 만들어줘요. 사랑하는 아들을 위해 어머니로서 간청하는 거예요."

그러자 헤파이스토스가 대답했다.

"사랑하는 아프로디테, 아내가 남편에게 부탁을 하면서 무슨 이런저런 이유를 달고 그러오? 날 못 믿는 거요? 당신이 무슨 부탁을 하든 언제나 들어줄 준비가 되어 있는데! 내가 할 수 있는 일은 뭐든 하겠소. 쇠와 금으로 만들 수 있는 것이라면 전부 그대 것이니 제발 그렇게 여러 말 늘어놓으며 애원하지 말아요."

헤파이스토스는 오랜만에 아내와 회포를 푼 후 다음 날 아침 일찍 자신의 대장간으로 갔다. 그는 일꾼들과 함께 아이네이아스의 갑옷과 투구, 방패와 창을 정성 들여 만들었다.

아침의 자애로운 빛과 새들의 아침 노래가 팔란티움의 왕 에우안드로스를 깨웠다. 늙은 왕은 잠자리에서 일어나 옷을 입고 칼을 찬 뒤 표범 가죽을 걸쳤다. 왕은 아이네이아스에게 도움을 주기 위해 그가 머물고 있는 별채로 향했다. 왕의 옆에는 아들 팔라스가 따르고 있었다. 아이네이아스는 믿음직한 동료 아카테스와 함께 그를 맞았다. 왕이 이야기를 시작했다.

"트로이인의 가장 강력한 지도자 아이네이아스, 내 그대를 진정으로 돕고 싶소. 하지만 우리에게는 그대를 도울 수 있는 힘이 그다지 많지 않소. 그대가 진정으로 위대한 과업을 이루려면 우리 도움만으로는 충분하지 못하오. 그러니 내 말을 잘 들으시오.

여기서 별로 멀리 떨어지지 않는 곳에 아길라(카에레)라는 도시가 있소. 싸움 잘하기로 유명한 리디아(오늘날 터키 서부 지역) 출신 사람들이 에트루리아 지방 산등성이에 세운 도시요. 오랫동안 훌륭한 왕들이 잘 다스려서 번영을 누렸지. 그런데 메젠티우스라는 포악한 왕이 나타났다오. 그가 얼마나 야만적으로 백성을 탄압하고 살인을 저질렀는지는 더 이상 생각조차 하기 싫소. 심지어 산 사람들을 시신들과 함께 묶어 손과 손, 입과 입이 포개진 채 공포에 떨다가 천천히 죽어가게 만들었으니!

마침내 참다못한 에트루리아인들이 반란을 일으켰다오. 그자의 패거리를 죽이고 그자의 집에 불을 질렀지. 그러자 그자는 루툴리족 나라로 도망갔소. 지금은 그자의 친구인 투르누스가 그자를 보호해주고 있지요. 아직도 메젠티우스를 향한 원한에 가득 차 있는 아길라 사람들뿐 아니라 전 에트루리아의 도시들이 그자를 넘겨주지 않으면 쳐들어가겠다고 선전포고를 했다오. 아이네이아스, 그대는 수천 명에 달하는 에트루리아 병사들의 지도자가 될 것이오.

어찌된 상황인지 있는 그대로 말해주리다. 함선을 가득 메운 에트루리아 병사들은 한시라도 빨리 공격 신호를 내려달라고 재촉하고 있소. 그런데도 아직 공격 신호가 내리지 않고 있지. 나이 든 점술가가 이렇게 예언했기에 기다리고 있는 것이오.

'리디아의 용감한 젊은이들이여! 그대들의 분노는 정말로 의롭고 아름답습니다. 이 전쟁처럼 의로운 전쟁은 더 이상 보기 어려울 것입니다. 메젠티우스는 그대들의 타오르는 분노의 불꽃에 타 죽어 마땅합니다. 하지만 기다리십시오. 예언의 신께서, 이토록 위대한 부족은 이탈리아인의 지휘를 받으면 안 된다고 내게 말씀하셨기 때문입니다. 이방 출신의 지도자를 고르라고 말씀하셨기 때문입니다.'

리디아 사람들은 내게 와서 자신들을 지휘해달라고 했다오. 내가 이방인이니까. 하지만 그대가 보듯이 이 늙은 몸으로 어떻게 전쟁터에 나설 수 있겠소. 내 아들이 이탈리아 피를 물려받지 않았다면 나는 기꺼이 그 애를 보냈을 거요. 그대는 나이도 알맞고 이탈리아 피를 물려받지도 않았소. 게다가 신의 뜻이 그대와 함께하고 있소. 자, 그러니 이 과업을 맡도록 하시오! 그대는 트로이인의 지도자인 동시에 이탈리아인의 가장 용감한 지도자 아니오! 난 그대를 믿소. 그러니 내 기꺼이 아들 팔라스를 그대와 함께 보내겠소."

왕의 이야기를 다 들은 아이네이아스는 생각에 잠겼다. 그때 맑은 하늘에 느닷없이 번개가 번쩍이더니 에트루리아의 나팔 소리가 요란하게 하늘에 울려 퍼지기 시작했다. 아이네이아스는 벌떡 일어나 말했다.

"오, 올림포스가 나를 부르고 있군요! 여신이신 어머니께서 전에 내게 말씀하셨습니다. 전쟁이 일어나면 이런 신호를 내게 보내실 것이며, 헤파이스토스께서 만드신 갑옷과 무기들을 내게 가져다주시겠다고. 이제 어머니께서 이런 신호를 보내시는데 더 이상 무엇을 망설이겠소?"

말을 마친 아이네이아스는 곧장 동료들이 기다리고 있는 함선으로 갔다. 그리고 자신과 동행할 가장 용맹스러운 전사들을 가려 뽑았다. 나머지 병사들은 아스카니우스에게 아버지와 동료들의 소식을 미리 전하려고 앞서서 라티움을 향해 출발했다.

이윽고 아이네이아스의 용감한 전사들과 팔라스의 전사들이 말을 타고 에트루리아를 향해 길을 떠났다. 도중에 들판에서 그들이 휴식을 취하고 있을 때 아프로디테 여신이 선물을 가지고 내려왔다. 여신은 남들과 떨어져 홀로 앉아 있는 아이네이아스 곁으로 가서 말했다.

"자, 내가 약속한 선물들을 주마. 내 남편이 정성껏 온갖 기술을 발휘해 만든 것이다. 내 아들아, 앞으로는 그 누구와 싸움을 벌이더라도 두려워하거나 망설이지 마라."

아프로디테는 갑옷과 무기들을 참나무 아래에 내려놓고 아들을 포옹했다. 아이네이아스는 여신의 선물에 감동받았다. 하지만 그보다 어머니가 포옹을 해주어서 더 기뻤다. 아, 말씀만 전해주시고 제대로 모습도 보여주시지 않던 어머니께서, 잡으려 하면 멀리 사라지시던 어머니께서 이렇게 직접 포옹을 해주시다니! 세상에 이보다 더 큰 격려가 어디 있을까!

아이네이아스는 기쁜 마음으로 갑옷과 무기들을 살펴보았다. 그리고 경탄을 금치 못했다. 이전에 헤파이스토스가 아킬레우스에게 만들어준 갑옷과 무기들에 견줄 만한 것들이었다. 그중에서도 방패는 정말 뛰어난 작품이었다. 방패에는 온갖 그림들이 빽빽이 새겨져 있었다. 아이네이아스는 그 아름다운 그림들을 샅샅이 살펴보았다. 하지만 그는 감탄만 할 수 있었을 뿐 그 뜻을 제대로 알 수 없었다. 그 그림들은 앞으로 그의 자손들과 로마와 이탈리아가 겪게 될 운명을 보여주고 있었던 것이다.

어린 두 용사의 죽음과 치열한 방어전

멀찍이 떨어진 곳에서 아이네이아스가 에우안드로스를 방문해 만나고 있을 때 헤라 여신은 자신의 전령이자 무지개의 여신 이리스를 투르누스에게 보냈다. 투르누스를 만난 이리스는 말했다.

"투르누스, 그대가 아무리 신들에게 간청해도 오지 않을 그런 기회가 왔다. 아이네이아스가 에우안드로스를 만나려고 팔란티움 언덕으로 갔다. 에트루리아까지 가서 동맹군을 구하려 하고 있다. 그대는 무엇을 망설이고 있는가? 어서 적진을 기습해라!"

말을 마친 여신은 거대한 무지개를 가르며 하늘로 사라졌다. 그렇지 않아도 투지에 불타고 있던 투르누스는 여신이 직접 찾아와 힘을 실어주니 마다할 이유가 없었다. 그는 즉시 병사들에게 진군을 명령했다. 그는 직접 대열의 한가운데에서 지휘를 했다.

망루에서 경계를 서고 있던 트로이 병사는 멀리서 구름 같은 먼지가 갑자기 피어오르는 것을 보고 깜짝 놀랐다. 그는 동료들에게 소리쳤다.

“적들이 오고 있다. 어서 무기들 챙겨! 방벽으로 올라와 적들을 막아!”

경계병의 말에 트로이 병사들은 방벽으로 올라와 방어 태세를 갖추었다. 아이네이아스가 떠나면서 시킨 대로 따른 행동이었다. 그는 만일 자신이 없는 사이에 무슨 일이 일어나면 절대로 나가서 싸우지 말고 방벽만 지키라고 지시했던 것이다. 트로이 병사들은 적들이 아무리 비난과 욕을 퍼부어도 완전무장한 채 방벽 문들에 빗장을 지르고 가만히 있을 작정이었다.

투르누스는 엄선한 기병 20명과 함께 말을 달려 본대에 앞서 트로이 방벽 앞까지 이르렀다. 그러고는 부하들과 함께 온 힘을 짜내어 무시무시한 함성을 내질렀다. 그러나 그들은 곧 맥이 풀려버렸다. 문을 열고 들판으로 나와 맞설 줄 알았던 적군이 대항할 생각은 않고 진지만 지키고 있었기 때문이었다. 열이 난 투르누스는 다른 입구는 없는지 찾으며 방벽 주위를 돌았다. 마치 오랫동안 굶주린 늑대가 우리에 갇힌 양 떼를 빤히 보고도 안에 들어갈 수 없는 것과 같았다. 그는 불같이 화가 났다. 도대체 어떻게 해야 저 안으로 들어갈 수 있을까? 어떻게 해야 저 트로이군을 밖으로 나오게 할 수 있을까?

그때 그에게 한 가지 묘안이 떠올랐다. 투르누스는 트로이의 함선들을 모두 불태웠다. 그리고 병사들에게 말했다.

"자, 이제 저자들에게 바닷길은 막혔고 도망칠 희망도 사라졌다. 저자들에게는 세상의 반이 없어진 거나 마찬가지다. 저자들이 어떤 신탁을 받았다고 해도 나는 두렵지 않다. 신께서 마련해주신 운명은 저자들에게만 있는 것이 아니라 내게도 있다. 내 신부 라비니아를 빼앗은 저자들을 벌주는 것, 그게 바로 나의 운명이다. 전우들, 여러분은 모두 알 것이다. 트로이의 파리스가 헬레네를 빼앗아가서 혹독한 전쟁을 치른 것을! 저 트로이인들은 이미 그런 죄를 저질러 징벌을 받았는데 또다시 같은 죄를 저지르고 있다. 나는 기필코 저자들을 말살할 것이다. 저자들과 싸우는 데는 아킬레우스의 갑옷과 무기도 필요 없으며 1,000척의 함선도 필요 없다. 또한 컴컴한 목마의 배 속에 숨을 필요도 없다. 그냥 방벽을 에워싸고 저자들이 지쳐서 문을 열고 나올 때까지 기다리기만 하면 된다."

트로이인들은 꼼짝 않고 방벽 위에서 적들을 내려다보고 있었다. 겁은 났지만 문들을 단속하고 방벽 밖에 있는 탑과 연결되는 다리를 놓는 등 각자 맡은 일을 열심히 했다. 또한 각자 순서를 정해 돌아가며 문들을 지켰다.

트로이 젊은이 니수스는 자기 차례가 돌아와 문을 지키는 중이었다. 그는 활을 잘 쏘고 창을 잘 써서 아이네이아스의 부관을 맡고 있었다. 곁에는 다른 젊은이 한 명이 함께 경계를 서고 있었는데 그의 가장 친한 친구 에우리알루스였다. 사실 두 사람은 청년이라기보다는 이제 막 청춘을 꽃피우기 시작한 소년이라고 해야 옳았다. 니수스가 말했다.

"에우리알루스, 이렇게 편안하고 조용하게 쉬고 있으려니까 도무지 마음이 편치 않아. 싸움터에 뛰어들거나 뭔가 큰일을 해야만 직성이 풀릴 것 같아. 내가 한 가지 계획을 세웠는데 들어볼래? 사람들이 지금 뭘 가장 원하는지 너도 잘 알고 있지? 원로들도 하나같이 그 이야기를 하잖아? 바로 아이네이아스님께 이곳 소식을 전하는 일이야. 그분이 돌아오시기 전에는 적들을 물리칠 방법이 없잖아? 저기 저 언덕을 살펴보니 팔란티움으로 가는 길을 찾을 수도 있을 것 같아. 내가 적들의 포위를 뚫고 아이네이아스 님께 달려갈 거야."

그러자 에우리알루스가 대답했다.

"아니, 나 빼고 혼자 가려고 했어? 나도 명예를 위해 목숨을 바칠 준비가 되어 있다고."

둘은 의기투합했다. 다른 경계병들과 임무를 교대한 그들은 회의를 하고 있던 원로들을 찾아갔다. 원로들은 과연 누구를 아이네이아스에게 전령으로 보낼 것인지 잠도 자지 않고 밤새 논의를 이어가던 중이었다. 그 자리에는 아이네이아스의 아들 아스카니우스도 있었다. 원로들 앞으로 나선 니수스가 말했다.

"원로님들, 어리다고 저희 제안을 무시하지 마시고 들어주시기 바랍니다. 저희 둘이 팔란티움으로 가서 아이네이아스 님을 만나 이곳 소식을 전하겠습니다. 적들은 지금 깊은 잠에 빠져 있습니다. 기습을 해서 쉽게 길을 뚫을 수 있는 곳도 미리 봐두었습니다. 제발 저희 계획을 허락해주시기 바랍니다."

그러자 원로 중의 원로인 알레테스가 말했다.

"언제나 트로이를 보호해주시는 선조들의 신들이시여! 당신들께서 우리에게 저런 용기와 저런 뜻을 가진 젊은이들을 데려다주시는 것을 보니, 우리 트로이인의 핏줄은 결코 쉽게 끊어지지 않으리라는 당신들의 뜻을 알겠습니다. 장하구나, 젊은 용사들아! 그대들의 그 높은 뜻과 용기에 신들께서 반드시 보답하실 것이다! 그대들의 이름은 길이 남을 것이다!"

그들의 용기에 감동받은 아스카니우스는 그들을 위해 값진 선물들을 보답으로 주겠다며 선물 목록을 늘어놓았다. 그러자 에우리알루스가 대답했다.

"제가 바라는 것은 그런 보답이 아닙니다. 저는 이런 모험에 어울리는 사람으로 태어났습니다. 그러니 제게 어울리는 일을 하면서 무슨 보답을 바라겠습니까? 그 선물들은 제쳐놓고 딱 한 가지 청이 있습니다. 제게는 유서 깊은 프리아모스 가문 출신의 어머니가 계십니다. 저는 지금 제가 어떤 위험 속으로 뛰어드는지 아무것도 모르고 계신 어머니께 인사도 못 드리고 떠납니다. 부디 저 말고는 의지할 곳이 없는 어머니를 위로하고 돌봐주십시오. 그렇게만 해주신다면 그 어떤 일을 당한다 해도 견딜 수 있을 것입니다."

소년의 말에 모두들 눈물을 흘렸다. 소년과 비슷한 나이의 아스카니우스는 특히 감동했다. 그는 눈물을 흘리며 에우리알루스에게 말했다.

"그대에게 분명히 약속하오. 이제부터 그대 어머니는 바로 내 어머니요. 그대에게 어떤 일이 벌어지더라도 그대에게 약속한 값진 선물들을 모두 그대 어머니에게 주겠소."

말을 마친 후 아스카니우스는 어깨에 메었던 칼을 벗어 그에게 주었다. 그리고 가장 뛰어난 두 트로이 장군 므네스테우스와 알레테스도 자신들이 입고 있던 모피와 투구를 벗어서 니수스에게 주었다. 무장을 한 두 사람은 동료들의 배웅을 받으며 씩씩하게 방벽 밖으로 나갔다.

방벽 밖으로 나간 그들은 미리 봐두었던 적진으로 갔다. 모두들 잠과 술에 곯아떨어져 있었다. 니수스가 에우리알루스에게 말했다.

"자, 너는 여기 길에서 망을 봐. 멀리까지 잘 살펴야 해. 네가 망을 보는 사이 내가 이들을 없애고 길을 뚫을게. 그런 후 함께 큰길로 나서자."

말을 마친 그는 칼을 빼어 들고 잠에 빠져 있던 적들을 하나씩 죽이기 시작했다. 망을 보던 에우리알루스는 나무 뒤에 숨어 있는 병사 한 명을 발견했다. 그 병사는 잠에서 깼다가 겁에 질려 숨어 있었다. 에우리알루스는 즉시 달려가 그 병사의 가슴에 칼을 찔러 넣었다. 그러고는 니수스와 함께 적들을 죽이기 시작했다. 에우리알루스가 너무 흥분한 것을 눈치 챈 니수스가 짤막하게 말했다.

"자, 이제 이쯤 하자. 어슴푸레 날이 밝아오고 있어. 적들을 충분히 혼내주었고 길도 뚫렸어."

그들은 적들의 시체를 뒤로하고 그곳을 떠났다. 하지만 에우리알루스는 아직 어린 소년이었다. 그는 적장이 쓰고 있던 멋진 투구가 탐이 나서 그것을 벗겨 머리에 썼다.

그러나 아, 그 멋진 투구가 바로 그들에게 재앙의 씨앗이 될 줄 누가 알았을까! 투구가 달빛을 받아 반짝이는 것이 그만 적들의 눈에 띄고 말았다. 라티움의 도시에서 이곳 전쟁터로 오고 있던 적군 기병들이었다. 기병대의 선두에 선 병사가 소리쳤다.

"너희는 누구냐, 어디서 온 거냐?"

두 소년 병사는 숲속으로 도망쳤다. 그러자 적 기병대가 곧바로 탈출로를 봉쇄하며 사방을 에워쌌다. 두 소년 중에서 에우리알루스는 떡갈나무가 우거진 캄캄한 숲속에서 길을 잃고 말았다. 반면에 방향 감각이 좋은 니수스는 숲에서 벗어나 적군으로부터 멀리 떨어진 안전한 곳에 이르렀다. 그는 비로소 숨을 돌리고 뒤를 돌아다보았다. 친구의 모습이 보이지 않았다.

"아, 친구도 잊고 도망쳐 오다니. 에우리알루스, 넌 어디에 있는 거야!"

그는 탄식하며 걸음을 되돌렸다.

잠시 뒤 추적자들의 요란한 고함 소리가 들려왔다. 니수스가 숨어서 보니 에우리알루스가 그들의 포로가 되어 끌려가고 있었다. 어떻게 해야 그를 구할 수 있을지 막막했다. 어쨌든 적들을 혼란에 빠뜨리고 볼 일이었다. 그는 창을 들어 적을 향해 던졌다. 창은 어둠을 가르며 날아가 적군 한 명의 등을 꿰뚫었다. 다른 창을 다시 집어 들고 던져 또 한 명을 쓰러뜨렸다. 적군 기병대장 볼켄스는 화가 치밀어서 주변을 살폈다. 하지만 창을 던진 자는 보이지 않았다. 그는 칼을 들고 에우리알루스에게 다가갔다.

"네놈 피로 내 부하들의 죽음을 보상해야겠다!"

그러자 니수스가 어둠 속에서 뛰쳐나오며 외쳤다.

"멈춰라! 나, 나를 죽여라. 그는 아무 죄가 없다. 그는 아무 짓도 하지 않았고 그럴 용기도 능력도 없는 자다. 그의 잘못이라면 친구를 잘못 만난 것, 그리고 그 친구를 너무 좋아한 것뿐이다!"

하지만 볼켄스의 칼은 이미 에우리알루스의 가슴을 꿰뚫은 후였다. 니수스는 적들 사이로 뛰어들어 기병대장의 입에 칼을 꽂아 넣었다. 그러고는 쏟아지는 적들의 칼날 아래서 최후의 안식, 죽음을 맞았다. 니수스는 죽어가면서까지 친구의 원수를 갚은 것이다.

나 베르길리우스는 그들의 숭고한 죽음 앞에서 이렇게 노래한다.

'행복하여라, 두 젊은이여! 내 시에 힘이 있다면 그대들은 후세 사람들의 기억에서 결코 지워지지 않으리라! 로마인의 영광이 온 세계에 빛나고 그들이 계속 세계를 지배하는 그날까지 그대들은 영원히 기억되리라!'

햇빛이 쏟아져 그 빛 속에 온 세상이 모습을 드러내자 투르누스는 완전무장한 채 병사들을 이끌고 트로이군 진지로 향했다. 아, 놀랍게도, 그의 뒤로는 에우리알루스와 니수스의 머리를 창끝에 꽂아 든 병사가 뒤따르고 있었다.

방벽을 굳게 지키고 있던 아이네이아스의 병사들은 창끝에 꽂혀 있는 어린 전우들의 머리를 보고 큰 충격을 받았다. 소문의 여신은 재빨리 에우리알루스의 어머니에게 가서 그녀의 귀밑에 대고 이 끔찍한 소식을 전했다. 불행한 여인은 머리카락을 잡아 뜯고 통곡하며 밖으로 뛰쳐나가더니 곧장 방벽으로 달려갔다. 그녀는 주변 사람들도, 날아오는 무기들도 아랑곳하지 않고 하늘을 향해 탄식했다.

"에우리알루스야, 내가 너를 이런 모습으로 맞이해야 한단 말이냐! 너는 내 노년에 찾아온 유일한 낙이었는데……. 이 무정한 것아, 어찌 나를 두고 혼자 갈 수 있었더냐? 그 위험한 곳으로 가면서 어째서 어미에게 마지막 작별 인사할 기회도 주지 않았단 말이냐! 루툴리족아, 너희에게 인간으로서 정이 남아 있다면 무기를 몽땅 나를 향해 던져라! 나부터 죽여라! 오, 신이시여, 저자들이 제 목숨을 빼앗지 않는다면 당신께서 벼락을 내리셔서 저를 저 하데스의 궁으로 보내주십시오!"

그녀의 울음소리에 트로이 병사들은 모두 비탄에 빠져 전의를 잃고 말았다. 아스카니우스는 눈물을 흘리며 그녀를 집으로 데려다주라고 명령했다.

트로이 병사들의 사기가 떨어진 것을 본 루툴리 병사들은 총공격을 개시했다. 그들은 방벽을 허물기 위해 온 힘을 다했다. 그리고 용감하게 방벽을 기어오르기 시작했다. 오랜 전쟁을 통해 성벽을 방어하는 데 이력이 난 트로이 병사들도 맹렬히 저항했다.

아, 전쟁의 여신들이시여! 나 베르길리우스 대신 당신들이 그곳에서 벌어진 싸움을 노래해주십시오! 당신들의 입을 빌리지 않고서는 도저히 그 처참한 광경을 노래할 수 없습니다!

트로이 진영에는 거대한 높이의 탑이 하나 있었다. 이탈리아인들은 무슨 수를 쓰더라도 그것을 무너뜨리려 했고 트로이인들은 그것을 지키는 데 온 힘을 쏟았다. 투르누스는 횃불을 던져 탑에 불을 붙였다. 트로이 병사들이 도망치려고 우왕좌왕하는 사이 탑이 무너져 내렸다. 그러자 투르누스는 그 안에 있던 트로이 병사들을 무참히 살육했다. 일차 저지선이었던 탑이 무너지자 방벽을 방어하기가 어려워졌다. 이윽고 방벽의 일부가 무너졌다. 이탈리아 병사들이 그곳을 타넘어 트로이 진영으로 쏟아져 들어갔다. 많은 트로이 병사들이 이탈리아 병사들의 칼과 창에 무참하게 목숨을 잃었다. 하지만 트로이 병사들은 그리스와 10년간이나 전쟁을 치른 더없이 용감한 전사들이었다. 그들은 자신의 목숨을 돌보지 않고 맹렬하게 맞섰다.

싸움이 치열해지자 방벽 문을 굳건히 지키고 있던 트로이 장군 판다로스와 비티아스가 갑자기 문을 활짝 열어젖혔다. 그들은 형제간이었다. 그들은 이렇게 방어만 하느니 차라리 나가 싸우는 것이 낫다고 판단했다. 두 사람은 창을 든 채 투구 위의 깃털 장식을 번쩍이며 방벽 문 좌우로 버티고 섰다. 이탈리아 병사들은 문이 열려 있는 것을 보자 모두 그쪽으로 짓쳐 들어갔다. 하지만 앞장서서 문으로 향하던 장군들이 문을 지키고 있던 두 트로이 장군에게 목숨을 잃자 등을 돌려 도망쳤다. 사기가 오른 트로이 병사들은 모두 문으로 몰려들어 방벽 밖까지 나가 도망가는 이탈리아 병사들을 뒤쫓았다.

투르누스는 그때 다른 곳에서 트로이 병사들을 도륙하고 있었다. 그러다가 감히 트로이군이 문을 활짝 열어젖히고 자기 군대를 물리치고 있다는 전갈을 받았다. 그는 크게 분개하여 곧장 문 쪽으로 달려갔다. 그러고는 제일 먼저 마주친 적장의 목숨을 창으로 간단하게 끊어버렸다. 순식간에 그의 손에 대여섯 명의 트로이 전사들이 하데스의 궁으로 날아가버렸다. 그중에는 방벽 문을 지키고 있던 비티아스도 있었다. 동생이 투르누스의 칼에 무참히 살해되는 것을 본 판다로스는 전세가 역전된 것을 알고 트로이 병사들에게 돌아오라고 소리친 후 방벽 문을 닫아버렸다. 방벽 밖으로 나갔다가 돌아오지 못한 트로이 병사들도 있었지만 대부분의 병사들은 문 안으로 들어올 수 있었다. 일단 숨을 돌릴 셈이었다.

그러나 판다로스는 어리석게도 안으로 몰려 들어오는 트로이 병사들 속에 루툴리족의 왕 투르누스가 섞여 있는 것을 보지 못하고 말았다! 마치 의지할 곳 없는 양 떼 속에 무시무시한 호랑이를 스스로 불러들인 꼴이었다.

수많은 적군을 마주하고 선 투르누스의 두 눈에서는 번쩍번쩍 빛이 뿜어져 나왔으며 갑옷이 무시무시하게 철꺼덕거렸다. 그의 정수리에서는 핏빛 깃털 장식이 흔들렸고 그의 방패에서는 번갯불이 번쩍였다. 아이네이아스의 병사들은 그의 무시무시한 얼굴과 거대한 몸집을 보고는 모두 겁을 집어먹었다. 그때 동생를 잃은 판다로스가 앞으로 뛰쳐나오면서 말했다.

"여기는 너의 집 안마당이 아니다. 너는 적진 안에 홀로 갇혀 있다는 것을 모르느냐! 네가 여기서 벗어날 길은 없을 것이다!"

그러자 투르누스가 태연자약하게 미소 지으며 대답했다.

"어서 시작해보시지. 네게 용기가 있다면 어서 덤벼보라고. 저승에서 네 주인 프리아모스를 만나 이곳 이탈리아에도 아킬레우스가 있었다고 말하게 될 테니까!"

판다로스는 있는 힘을 다해 창을 던졌다. 하지만 투르누스는 가볍게 몸을 비틀어 창을 피하더니 판다로스에게 달려들어 단칼에 그의 머리를 갈라놓았다. 자신들이 믿고 있던 판다로스가 한숨에 저승으로 간 것을 본 트로이 병사들은 너무나 놀라 뿔뿔이 흩어져 달아나기에 바빴다. 만일 그 순간 투르누스가 문을 열어젖혀 자신의 군사들을 안으로 들여보냈다면 그날로 전쟁은 간단히 끝이 났을 것이다. 하지만 투르누스는 적군을 자기 손으로 남김없이 죽이고야 말겠다는 광기에 사로잡혀 있었다. 그는 홀로 적진 속으로 뛰어들었다. 마치 흩어지는 양 떼를 쫓는 호랑이 같았다. 그는 적들을 죽이면 죽일수록 더욱더 힘이 솟아났다. 헤라 여신이 그에게 끊임없이 힘과 용기를 불어넣어주었기 때문이었다. 투르누스는 도망치는 트로이 병사들을 뒤쫓으며 순식간에 10명 이상을 해치워버렸다.

허겁지겁 도망치기에 바쁜 트로이 병사들을 정신 차리게 해준 것은 아이네이아스가 없는 동안 지도자 역할을 하던 므네스테우스였다. 그는 자신의 군사들이 투르누스에게 쫓기며 살육당하고 있다는 말을 듣고 장군들을 모아 황급히 싸움터로 왔다. 그들이 와서 보니 병사들은 흩어져 도망가기에 바빴고 적장은 문 안에 들어와 있었다. 그는 도망치는 동료들을 향해 고함쳤다.

"대체 이게 무슨 꼴인가! 도대체 어디로 도망가고 있는 것인가? 이곳 말고 어디에 또 숨을 방벽이라도 있는가? 그래, 단 한 명이 무서워서 이렇게 달아나고 있단 말인가? 이 겁쟁이들아, 그대들은 조국과 신들께 부끄럽지도 않은가! 위대한 아이네이아스의 용사라는 이름이 부끄럽지도 않은가!"

그의 말에 병사들은 정신을 차렸다. 흩어졌던 그들은 다시 모여 대열을 이루고 버텨 섰다. 그들이 대열을 정비하자 아무리 용맹한 투르누스로서도 어쩔 수가 없었다. 그는 강 쪽으로 조금씩 밀려났다. 트로이 병사들은 함성을 지르며 그를 더 거세게 몰아붙였다. 단 한 마리의 호랑이에게 쫓기던 가련한 양들이 모두 사람으로 변해 창을 들고 호랑이를 몰아붙이는 것과 같았다. 호랑이는 위기를 감지하고 물러서면서도 적을 사납게 노려보는 법! 그래서 결코 등을 돌려 도망가지 않지만, 무기를 든 사람들 사이로 무턱대고 뛰어들 수도 없다.

투르누스는 그처럼 적들을 사납게 노려보면서 뒷걸음질 쳤다. 헤라도 그에게 더 이상 용기와 힘을 주지 못했다. 제우스가 이리스를 헤라에게 보내 투르누스가 트로이군 방벽에서 물러서지 않으면 안 좋은 일이 생길 것이라고 경고했기 때문이었다. 제아무리 용감한 투르누스라 할지라도 더는 버틸 수가 없었다. 그는 트로이 병사들이 던지는 돌과 창을 더 이상 막아내지 못하고 완전무장한 채 강물 속으로 뛰어들었다. 강은 그를 받아주었고, 부드러운 물결에 실어 동료들의 품으로 돌려주었다.

동맹군과 돌아오다

제우스 신이 올림포스 산정에 신들을 불러 모아 회의를 열었다. 제우스가 신들에게 말했다.

"하늘에 사는 위대한 신들 여러분. 나는 이탈리아가 트로이인과 싸우는 것을 금한 바 있소. 그런데 그대들은 도대체 무슨 일로 내 명령을 어기고 싸움을 부추기는 거요? 진짜 전쟁을 할 때는 따로 정해져 있소. 나중에 카르타고의 한니발이 알프스를 넘어 로마를 침공하는 그때 진정한 전쟁이 있을 것이오. 그대들은 무엇 때문에 이렇게 전쟁을 앞당기는 거요?"

제우스의 짧은 질문에 아프로디테가 길게 대답했다.

"아버지께서도 보시다시피 루툴리족이 저렇게 트로이인들을 괴롭히고 있어요. 아이네이아스는 자기 진영을 멀리 떠나 있는

데 말이죠. 아이네이아스는 아버지의 뜻을 거스르고 이탈리아로 향한 건가요? 만일 그렇다면 트로이인들을 도와주시지 않아도 돼요. 그들이 죗값을 치르게 하셔도 돼요. 하지만 그들이 아버지의 신탁에 따라 이탈리아에 간 것이라면 도대체 누가 아버지 명령을 어기고 제멋대로 신탁을 바꾸려 하는 거지요?

어머니는 정말 너무하세요. 그들의 뱃길을 그렇게 방해하시고 심지어는 저 지하세계의 알렉토까지 불러내서 이탈리아인들을 광란에 빠지게 하시다니! 저는 우리 아들이 제국을 세우건 말건 관심 없어요. 아버지, 트로이인들이 안주할 만한 한 치의 땅도 내줄 수 없다는 게 어머니 뜻이라면 그렇게 하라고 하세요. 저는 오로지 제 손자 아스카니우스가 무사하기만 바랄 뿐이에요. 행운의 여신이신 어머니의 뜻대로 아이네이아스가 영원히 바다를 떠돌더라도 제가 그 애만은 보호해서 전쟁터에서 빼내올 수 있게 해주세요."

그러자 헤라가 버럭 화를 내며 말했다.

"너는 기어코 내가 가슴속에 꼭꼭 담아두었던 말을 할 수밖에 없게 만드는구나! 아이네이아스가 운명의 뜻에 따라 이탈리아에 온 것이라고? 좋아, 그렇다고 치자. 그가 자기 진영을 떠나라고 우리가 부추겼느냐? 에트루리아 사람들이 들고 일어나도록 우리가 부추겼어? 투르누스가 자기 땅을 지키려고 버티고 서 있는 게 부당한 짓이냐, 아니면 아이네이아스가 라틴족을 괴롭히면서 그들의 땅을 빼앗으려는 게 부당한 짓이냐? 노인네를 꼬여서 남의 약혼녀를 중간에서 가로채려는 게 정당하단 말이냐? 네가 아이네이아스를 도운 건 괜찮고 우리가 루툴리족을 조금 도와준 건 안 된다고? 너, 내가 트로이를 멸망시켰다고 자꾸 말하는데 그게 어디 내가 한 짓이야? 멀쩡한 남의 나라 아내를 꼬여 데려간 파렴치한 파리스가 한 짓이지! 내가 파리스보고 그런 짓 하라고 부추겼어? 다 네가 저지른 일 아니었어?"

어머니와 딸이 티격태격하자 모든 신들이 더러는 이쪽 편을 더러는 저쪽 편을 들며 웅성웅성했다. 그때 만물의 최고 지배자인 전능한 아버지 제우스가 말하기 시작했다. 그가 입을 열자 신들은 물론이고 천지 만물이 잠잠해졌다.

"그렇게 끝없이 싸울 작정이오? 나는 지금까지 저 인간들에게 벌어진 일이 누구 잘못이건 일절 불문에 붙일 거요. 트로이인이건 루툴리인이건 각자 그들의 운명을 따르게 놔둘 것이오. 나는 그들 모두의 지배자이니 어느 한쪽 편을 들지 않겠소. 그러니 그대들도 내 뜻을 따라 그 누구도 돕지 말도록 하시오."

회의가 끝나자 제우스 신은 황금 왕좌에서 일어났고 모든 신들이 그를 배웅했다.

루툴리족은 트로이 진영의 방벽을 포위하고 불과 화살로 공격을 하며 압박을 가했다. 아이네이아스의 병사들은 탈출의 희망도 갖지 못한 채 꼼짝없이 갇혀 있었다. 적들이 공격을 해오면 바위를 굴리고 화살을 쏘며 겨우 방어하고 있을 뿐이었다. 오로지 아이네이아스가 동맹군을 이끌고 한시 바삐 돌아오기만 간절히 기다리면서.

그사이 아이네이아스는 파도를 가르며 돌아오고 있었다. 그가 에트루리아 진영으로 가서 왕을 만나 사정을 말하고 도움을 청하자 왕은 두말없이 이방의 지도자에게 자신의 군대를 맡겼다. 돌아오는 함선 안의 아이네이아스 옆에는 에우안드로스 왕의 아들 팔라스가 있었다.

아이네이아스는 함대를 독려하며 열심히 파도를 갈랐다. 이윽고 트로이인들의 모습이 보이자 그는 왼손으로 방패를 들어 올렸다. 방패가 햇빛을 받아 번쩍거렸다. 루툴리족의 왕과 아우소니아의 지도자들은 바다에서 빛이 번쩍이자 고개를 돌려 바라보았다. 온 바다가 함선들로 가득 뒤덮여 있었다!

용맹한 투르누스는 적의 함선들이 바다를 가득 메운 채 다가오는 모습을 보고도 조금도 겁먹지 않았다. 그는 그들을 물리칠 수 있다고 굳게 믿었다. 그가 아군의 사기를 높이려고 큰 소리로 외쳤다.

"자, 드디어 우리가 바라던 일이 벌어졌다. 저자들은 우리 손에 죽으려고 스스로 찾아온 셈이다. 전쟁의 승패는 오로지 전사들의 손에 달려 있는 법, 그대들은 이제 사랑하는 가족들과 조상들의 위대한 영광을 지키기 위해 용감하게 싸워라. 자, 저들이 상륙하자마자 우리가 먼저 쳐들어가 싸울 것이다! 행운의 여신은 대담한 자를 돕는 법이다!"

드디어 아이네이아스의 병사들이 상륙했고 그들과 투르누스의 병사들 사이에 격렬한 전투가 벌어졌다. 전투의 나팔소리가 울리자 가장 용감하게 적들을 물리친 것은 아이네이아스였다. 그는 제일 앞장서서 적진으로 뛰어들었다. 그리고 순식간에 적장 7명을 베어버렸다. 하지만 투르누스의 전사들도 만만치 않았다. 투르누스 진영의 맹장 클라우수스가 창과 칼로 트로이 진영의 장군 7명을 죽였다. 이제 양 진영은 팽팽하게 버티고 서서 서로를 노려보았다.

다른 곳에서는 팔라스가 이끄는 군대와 루툴리족 군대 사이에 전투가 벌어졌다. 팔라스가 적장들을 베면서 용맹을 떨치고 있는 가운데 투르누스가 나타났다. 그는 병사들을 향해 외쳤다.

"자, 모두들 전투를 멈춰라! 내가 일대일로 팔라스와 맞서겠다. 그의 아버지가 이 자리에 와서 구경할 수 있으면 좋았을 텐데!"

그의 명령대로 병사들이 뒤로 물러섰다. 용감한 팔라스도 투르누스의 거만한 말과 행동에 전혀 기죽지 않고 앞으로 나서며 말했다.

"내가 그대의 투구를 벗기든 싸우다 죽든 모두 명예로운 일이다! 나의 아버지께서도 그 어느 쪽이건 받아들이실 것이다! 위협 따위는 집어치우고 어서 덤벼라!"

투르누스는 전차에서 뛰어내려 싸움터 한가운데로 걸어갔다. 팔라스는 그가 사정거리 안에 들어오자 있는 힘껏 창을 던졌다. 그의 손을 떠난 창은 투르누스의 가슴 쪽을 스치며 가벼운 상처를 입혔다. 이번에는 투르누스가 창을 겨누어 던졌다. 그가 던진 창은 팔라스의 방패를 뚫고 그의 가슴도 꿰뚫어버렸다. 팔라스가 외마디 비명을 지르며 죽어버리자 투르누스가 적들을 향해 말했다.

"가서 에우안드로스에게 전해라. 팔라스의 시신을 그대들에게 주겠다고. 그대들 뜻대로 장례를 치르도록 하라."

그는 팔라스의 시신에 왼발을 올려놓더니 묵직하고 두꺼운 칼띠를 벗겨냈다. 그것을 전리품으로 취한 것이었다. 투르누스가 뒤로 물러나자 팔라스의 병사들이 와서 그의 시신을 수습해 갔다.

아, 팔라스. 그대 시신을 보게 되면 그대의 아버지는 얼마나 큰 고통과 자부심을 동시에 느끼게 될 것인가! 오늘 처음으로 전쟁에 나섰는데 바로 오늘 신께서 그대를 저승으로 데려 가셨구나! 하지만 그대의 죽음은 결코 헛되지 않으니, 그대는 그대 뒤로 수많은 루툴리족의 시신을 남겼다!

팔라스가 투르누스의 창에 목숨을 빼앗겼다는 소식은 곧바로 아이네이아스에게 전해졌다. 아이네이아스는 곧장 병사들을 이끌고 투르누스가 있는 곳으로 왔다. 불같이 화가 난 그는 창과 칼로 적장들을 무수히 죽여버렸다. 적장들을 무자비하게 베어 넘기는 그의 모습은 마치 범람하는 강과도 같았고 시커먼 회오리바람과도 같았다.

그때 루툴리족 뒤편에서 먼지가 일었다. 어린 아스카니우스가 이끄는 트로이 병사들이 적진의 포위를 뚫고 나타난 것이었다. 루툴리족은 앞뒤에서 적군을 맞이할 수밖에 없었다.

높이 올림포스 산꼭대기에서 이 광경을 보고 있던 제우스가 헤라에게 말했다.

"나의 누이이자 내가 가장 아끼는 아내인 헤라. 그대 말이 옳았소. 저 트로이인들이 저렇게 용감할 수 있는 것은 그들 자신의 힘 덕분이 아니라 뒤에서 아프로디테가 도와주기 때문이오."

그러자 헤라가 얌전하게 말했다.

"최고로 훌륭하신 나의 남편 제우스 님! 당신께 청이 하나 있어요. 투르누스를 제가 구할 수 있게 해주세요. 그도 우리 신들의 혈통을 이어받았잖아요."

그러자 제우스가 대답했다.

"일단은 그대가 그의 목숨을 구해주는 걸 허락하겠소. 내 거기까지는 아량을 베풀 수 있소. 하지만 그의 죽음이 잠시 미루어질 뿐이라는 사실을 알아두시오. 그렇다고 전쟁의 결과가 바뀌는 건 아니라는 사실을 명심하시오."

제우스의 허락을 받은 헤라는 곧장 전장으로 날아갔다. 그리고 안개를 모아 아이네이아스의 허수아비를 만들었다. 아이네이아스의 허수아비는 당당하게 싸움터 한복판으로 달려가 맨 앞에 섰다. 그의 모습을 본 투르누스는 그를 향해 멀리서 창을 던졌다. 그러자 아이네이아스의 허수아비가 등을 돌려 달아나기 시작했다. 이를 본 투르누스가 고함을 지르며 뒤쫓았다.

“이 비겁한 자야, 전쟁터에서 등을 보인단 말이냐!”

아이네이아스의 허수아비는 바닷가에 정박해 있던 배 안으로 들어가 숨었다. 투르누스도 곧장 배 위로 뛰어올랐다. 그러자 허수아비는 하늘로 올라가 구름과 섞여버렸다. 진짜 아이네이아스는 전쟁터 한복판에서 투르누스를 찾으며 적장들을 죽이고 있는데 정작 투르누스는 허수아비를 쫓아 전쟁터에서 멀어진 것이다.

투르누스가 배에 오르는 것을 본 헤라는 배를 묶어놓았던 밧줄을 잘라버렸다. 그러자 폭풍우가 불어와 배를 바다 한가운데로 몰고 갔다. 영문을 몰랐던 투르누스는 헤라 여신이 자신을 구해준 것에 감사하기는커녕 하늘을 향해 원망 어린 기도를 했다.

“전능하신 아버지 제우스 님. 당신께서는 제가 이런 수모를 받아 마땅하다고 생각하셨습니까? 제가 이런 벌을 받기를 원하셨습니까? 싸움터에 버리고 온 제 전사들의 운명은 어찌되는 것입니까? 바람의 신이시여, 이렇게 저를 치욕 속에 살게 하느니 차라리 배가 암초에 부딪쳐 산산조각 나게 해주십시오!"

그는 칼로 스스로 목숨을 끊으려는 생각도 했다. 그리고 바다에 뛰어들어 다시 전쟁터로 헤엄쳐 가려고도 했다. 하지만 그때마다 헤라가 나서서 막았다. 그는 도리 없이 자신의 도시로 떠밀려 갈 수밖에 없었다.

투르누스가 사라진 루툴리 진영에서 그를 대신해 용맹을 떨친 이는 바로 메젠티우스였다. 그의 모습을 본 에트루리아 병사들이 분노의 함성을 지르며 달려들었지만 그는 앞으로 나서는 적장들을 간단하게 물리쳤다. 에트루리아 병사들은 그를 향해 의분을 느꼈지만 어느 누구 하나 칼을 빼들고 앞으로 나설 용기를 내지 못했다. 그러자 그가 적진으로 돌진해서 순식간에 적장들 셋을 베어버렸다. 이윽고 양군 사이에 치열한 전투가 벌어졌다.

좌충우돌하는 메젠티우스의 모습을 본 아이네이아스가 그의 앞으로 걸어 나갔다. 아이네이아스의 모습을 본 메젠티우스가 그를 향해 창을 던졌다. 하지만 창은 아이네이아스의 방패를 맞고 튀어나와 옆에 있던 젊은 장군 안토레스의 옆구리를 뚫어버렸다. 이번에는 아이네이아스가 분노의 창을 던졌다. 창은 곧장 메젠티우스를 향해 날아가 아랫배에 깊숙이 박혔다. 아이네이아스는 적장이 피를 흘리는 모습을 보자 칼을 빼들고 다가갔다.

그때 메젠티우스의 아들 라우수스가 아버지를 구하려고 싸움터로 달려왔다. 라우수스는 칼을 들고 있는 아이네이아스와 피를 흘리고 있는 아버지 사이에 끼어들었다. 아이네이아스가 그를 꾸짖었다.

"그대는 왜 죽지 못해 안달인가! 이렇게 스스로 죽음을 맞이하는 게 효도라고 생각하는가! 어서 썩 물러나라."

하지만 라우수스는 순순히 물러나지 않았다. 그는 칼을 빼어 들고 아이네이아스에게 달려들었다. 아이네이아스는 버럭 화를 내며 칼을 휘둘렀다. 그의 칼은 라우수스의 갑옷을 꿰뚫고 그의 가슴을 피로 가득 채웠다.

그사이 메젠티우스는 병사들의 부축을 받아 강가에서 물로 상처를 씻고 있었다. 그는 병사들을 보내 라우수스에게 빨리 싸움터에서 물러나라는 명령을 전달하도록 했다. 하지만 병사들이 가지고 돌아온 것은 이미 목숨이 끊긴 아들의 시신이었다. 아들의 시신을 본 메젠티우스는 하늘을 향해 두 손을 쳐들더니 눈물을 흘리며 말했다.

"내 아들아, 나 대신에 너를 적장의 칼 아래로 밀어 넣을 만큼 내가 살고 싶은 욕망에 사로잡혀 있었단 말이냐! 네가 죽고 내가 살다니 이 무슨 크나큰 수치란 말이냐!"

그는 부하들에게 말을 가져오게 했다. 그러고는 부상당한 몸을 말 위에 싣고 전쟁터를 향해 달려갔다. 마음속에는 심한 수치심과 분노와 슬픔의 불길이 활활 타올랐다. 전쟁터에 도착한 그는 큰 소리로 아이네이아스를 불렀다. 아이네이아스는 곧장 달려왔다. 아이네이아스의 모습을 본 메젠티우스는 그를 향해 창을 날렸다. 그러나 아이네이아스는 방패로 가볍게 창을 막아냈다. 메젠티우스가 세 번이나 그를 향해 창을 던졌건만 그는 모두 쉽게 막아냈다. 이번에는 아이네이아스가 메젠티우스의 말을 겨냥해 창을 던졌다. 창은 곧장 말의 양미간을 맞혔다. 그 자리에서 말이 고꾸라지자 메젠티우스가 땅으로 떨어졌다. 아이네이아스는 칼을 빼어 들고 그의 곁으로 가 말했다.

"용맹한 메젠티우스는 도대체 어디로 갔지? 이런 꼴을 보이려고 백성들에게 그토록 잔인한 짓을 저질렀단 말이냐?"

그러자 메젠티우스가 하늘을 올려다보며 말했다.

"가혹하구나, 아이네이아스. 죽음 앞에서 나를 모욕하다니! 나는 그런 모욕을 받으려고 전쟁터에 나온 것이 아니다. 어서 나를 죽여라! 다만 한 가지 부탁이 있다. 저 분노한 백성들로부터 내 시신을 보호해다오. 그래서 내 아들과 함께 땅에 묻히게 해다오."

이렇게 말하면서 그는 의식이 또렷한 가운데 아이네이아스의 칼을 받았다.

여전사 카밀라

동이 트자 아이네이아스는 신들에게 제물을 바치고 팔라스의 장례식을 성대하게 거행했다. 아이네이아스는 관에 누워 있는 팔라스의 시신을 보자 눈물을 흘리며 말했다.

"가련한 소년, 행운의 여신께서 그대를 내게서 빼어 가 그대가 내 왕국을 볼 수 없게 만들었구나! 그대가 그대 아버지의 집으로 개선하는 모습을 볼 수 없게 만들었구나! 내가 그대 아버지에게 약속한 것은 결코 이런 것이 아니었는데! 아, 에우안드로스 왕, 아들의 끔찍한 주검을 보게 되었으니 얼마나 마음이 아프겠소. 하지만 당신 아들은 죽는 순간까지 용감했으니 그의 죽음을 너무 애통해하지 않기 바라오. 아, 팔라스를 잃다니. 우리는 정말 소중한 보물을 잃었어. 내 아들 아스카니우스야, 너는 진정한 친구를 잃고 말았어!"

아이네이아스는 통곡한 후 그의 시신을 아버지 에우안드로스에게 보냈다. 그리고 시신과 함께 수많은 전리품들을 딸려 보냈다.

아이네이아스가 팔라스의 장례식을 치르고 시신을 그의 아버지에게 보내고 났을 때, 라티움의 사절단이 아이네이아스에게 왔다. 사절단은 전투에서 죽은 병사들의 시신을 교환해 장례를 치러주자고 요청했다. 선량한 아이네이아스는 그들의 청을 들어주며 말했다.

"라틴족 여러분! 우리가 무슨 나쁜 운명을 만나 이렇게 서로 죽이고 있는 것이오? 우리는 지금 죽은 이들의 시신을 교환하면서 그들 사이에 화친을 맺으려 하고 있으니 우리 산 사람들끼리도 화친을 맺고 싶소. 이렇게 죄 없는 백성들끼리 끝없는 싸움을 계속하기보다는 나와 투르누스가 일대일로 맞서는 것이 옳았소. 그랬다면 이 많은 사람들이 목숨을 잃을 필요가 없었소. 그와 나 둘 중에 한 명만 죽으면 될 일이었소."

그의 말에 아우소니아 사절단은 깜짝 놀라면서도 반가웠다. 그들은 진정으로 전쟁을 원하고 있는 것이 아니었다. 단지 투르누스 때문에 전쟁에 나선 것뿐이었다. 이윽고 전부터 투르누스를 미워하던 드랑케스가 입을 열었다.

"트로이의 영웅 아이네이아스! 당신은 참으로 위대한 분이오. 당신이 한 말을 우리 라티누스 왕에게 꼭 전하겠소. 행운의 여신이 우리 편이라면 우리 왕은 반드시 그대와 화친할 것이오. 투르누스 왕이 화친을 맺고 안 맺고는 우리가 상관할 바가 아니오. 그건 그가 알아서 할 일이오."

아이네이아스와 사절단은 12일 동안 휴전하기로 합의했다. 그동안 양쪽 진영 사람들은 서로 사이좋게 어울려 장례식 준비를 위한 나무를 베고 정겹게 이야기도 나누었다.

팔라스의 시신이 도착하자 아버지 에우안드로스는 슬픔에 목이 메어 말문을 열지 못했다. 이윽고 어느 정도 진정이 되자 그가 말했다.

"팔라스, 네가 애비에게 약속한 것이 이런 것이었느냐! 이런 고통을 당하기 전에 미리 죽은 네 어미는 차라리 축복을 받은 셈이구나! 자식보다 오래 살아 있는 나는 얼마나 불행한 인간이냐! 투르누스, 내 아들 팔라스가 너와 같은 나이였다면 분명 네가 싸늘한 주검이 되어 우리 앞에 누워 있었을 것이다! 트로이인 여러분, 당신네 왕에게 가서 분명히 전하시오. 늙은 내가 아들의 주검을 앞에 두고도 아들 뒤를 따르지 않는 것은 투르누스에게 복수하기 위해서임을! 저승에 있는 내 아들에게 반가운 소식을 전하기 위해서라는 것을!"

전쟁에서 죽은 병사들의 장례를 치른 라티누스 왕의 왕국에서는 차츰차츰 투르누스를 저주하는 목소리가 커져갔다. 드랑케스가 그 목소리에 힘을 실어주었다. 그는 아이네이아스가 오로지 투르누스만을 적으로 삼고 있다고 증언했다. 하지만 투르누스를 지지하는 사람들의 발언도 만만치 않았다.

아우소니아 사람들이 양편으로 나뉘어 왈가왈부하는 가운데 나쁜 소식이 전해졌다. 아우소니아에서 아르기리파에 도와달라는 사절단을 보냈는데 거절당한 것이었다. 아르기리파는 트로이 전쟁에서 이름을 떨친 그리스의 맹장 디오메데스가 정착하여 세운 왕국이었다. 디오메데스는 다른 곳에서 동맹군을 찾든지 아니면 트로이 왕에게 화친을 청하든지 둘 중 한 가지 방법을 택하라고 답했을 뿐이었다.

아우소니아는 지도자 회의를 소집했다. 그중에는 물론 투르누스도 있었다. 그들은 회의에 앞서 사절단의 보고를 들었다. 사절단의 절망스러운 보고가 끝나자 그들은 두 편으로 갈라져 입씨름을 벌였다. 라티누스 왕이 그들을 진정시키고 말했다.

"라틴족 여러분, 적들이 우리를 이렇게 둘러싸고 있는 지경이 되어서야 대책을 세우겠다고 할 것이 아니라 미리 현명한 결정을 내렸어야 했소. 우리는 지금 신들의 자손들과, 그 영웅들과 해서는 안 될 싸움을 하고 있소. 디오메데스도 동맹을 거절했으니 이제 우리는 희망도 행운도 모두 사라졌소. 자, 저 트로이인들에게 정착할 땅을 내줍시다. 그런 후 함께 평화롭게 지내도록 합시다. 만에 하나 그들이 다른 곳에 정착하기를 원한다면 기꺼이 함선을 만들어주도록 합시다."

왕이 말을 마치자 투르누스에게 늘 적대적이었던 드랑케스가 일어나서 말했다.

"선하신 왕! 당신의 제안에 더 덧붙일 것도 뺄 것도 없습니다. 우리 라틴족들은 모두 당신의 생각과 같지만 저 투르누스가 무서워서 말을 못하고 있을 뿐입니다. 그러니 어서 공주를 트로이의 위대한 사윗감에게 보내셔서 영원한 동맹을 맺으십시오. 투르누스, 그대는 어쩌자고 가련한 백성들을 전쟁의 불구덩이 속으로 밀어 넣는 거요? 전쟁에 안전이란 없소. 우리 모두는 그대에게 평화와 안전을 요구하고 있는 것이오. 그대는 겁쟁이처럼 전쟁터에서 도망쳤소. 그러니 패배를 인정하고 떠나시오. 아니면 아이네이아스와 일대일로 맞서서 용감한 전사로서 명예를 지키도록 하시오!"

그 말을 들은 투르누스는 불같이 화가 치밀었다.

"늘 말만 앞세우는 비겁한 자야! 내가 겁쟁이라고? 진짜 겁쟁이는 그대가 아닌가! 그대는 언제 나와 함께 전투에 나서본 적이나 있는가? 내가 전쟁에서 패했다고? 내가 저승으로 보낸 적들이 얼마인데 그따위 소리를 하는가! 왕이시여! 당신은 우리가 정말로 패했다고 생각하십니까? 만일 그렇다면 나도 기꺼이 그들과 화친하겠습니다. 하지만 우리에게는 아직 힘이 있습니다. 용맹한 젊은이들이 고스란히 남아 있습니다. 우리를 도울 이 땅의 사람들이 곳곳에 많습니다. 그런데 싸우기도 전에 왜 스스로 패배를 인정하려는 것입니까? 왜 스스로 망신을 자초하는 것입니까? 게다가 우리를 도울 준비가 되어 있는 사람들이 이리로 오려 하고 있습니다. 특히 볼스키족의 여걸 카밀라가 기병대를 끌고 오고 있습니다. 나는 나가 싸우겠습니다. 아이네이아스가 오로지 나만 원한다고요? 기꺼이 그와 맞서겠습니다. 그건 내가 바라던 바입니다!"

투르누스가 나서서 부추기자 사람들은 두 편으로 나뉘어 끊임없이 입씨름을 하느라 여념이 없었다.

전열을 갖춘 아이네이아스 군대는 진지를 나와 싸움터로 향하고 있었다. 그 소식을 들은 아우소니아 왕국 전체가 공포에 휩싸였다. 기회를 놓칠 새라 투르누스가 일어나서 말했다.

"여러분, 적들이 코앞에 와 있는데 그렇게 입으로 평화 타령이나 하고 있을 작정이오? 그러고 싶으면 계속 그러고들 있으시오, 나는 나가 싸울 것이니!"

말을 마친 그는 즉시 밖으로 나갔다. 그리고 장군들에게 일일이 지시를 하여 전열을 가다듬었다. 온 도시에 최후 결전의 기운이 감돌았다. 라티누스 왕도 아이네이아스와 화친을 맺으려던 계획을 뒤로 미룰 수밖에 없었다. 그는 아이네이아스를 일찌감치 사위로 삼지 않은 것을 못내 후회했다.

마침내 여전사 카밀라가 볼스키족 전사들을 이끌고 도착했다. 그녀는 무장을 한 채 부대 앞에서 병사들을 독려하고 있는 투르누스에게 와서 말했다.

"투르누스, 자신감은 용감한 자에게만 찾아오지요. 내가 앞장서서 저들의 기병대와 맞서겠어요. 당신은 보병을 이끌고 성벽을 지키도록 해요."

그러자 투르누스가 대답했다.

"우리의 자랑스러운 여전사! 당신에게 뭐라고 감사의 뜻을 전해야 할지 모르겠소. 당신이 와서 이렇게 도우니 우리 모두 용기백배하게 되는군요. 내가 들은 소식으로는 아이네이아스가 병력을 둘로 나누었다고 하오. 기병대는 들판으로 내보내고 자신은 산을 넘어 도시로 직접 쳐들어온다고 하오. 당신은 당신 병사들을 이끌고 기병대를 상대해주시오. 나는 산속 골짜기 양쪽에 매복해 있다가 적들을 기습하겠소."

이 계획에 따라 투르누스는 병사들을 이끌고 산골짜기로 가서 매복했다.

한편 하늘나라 신의 도시에서는 사냥의 여신 아르테미스가 자신을 수행하는 요정 중 한 명인 오피스에게 이야기하고 있었다.

"얘야, 지금 카밀라가 잔혹한 전쟁터로 가고 있구나. 내가 저 애를 얼마나 사랑하는지 너도 알지? 카밀라는 그동안 무수한 남자들에게 청혼을 받았지만 오로지 나만 섬기며 처녀로 남아 있었어. 아, 저 애가 이런 전쟁에 휘말려서 트로이인과 맞서지 말았어야 했는데……. 너에게 활과 화살을 주마. 그러니 가서 가혹한 운명을 맞이할 카밀라의 복수를 해주어라."

아르테미스의 지시를 받은 오피스는 활과 화살을 받아들고 라티움의 나라로 날아와 산 위에 몸을 숨겼다.

그사이 트로이와 에트루리아 기병대는 대오를 유지한 채 서로에게 다가서고 있었다. 드디어 양군이 맹렬하게 맞붙었다. 처음에는 트로이군이 우세한 듯했지만 곧 전세가 역전되었다. 사나운 카밀라의 창과 화살이 적장들을 마구 쓰러뜨렸기 때문이었다. 그녀는 순식간에 적장 6명을 저승으로 보냈다.

하지만 트로이 병사들도 무조건 도망치지만은 않았다. 처녀 한 명에게 쫓긴다는 사실이 부끄러워 말을 돌려서 반격했다. 양군은 치열하게 맞붙어 전투를 벌였다. 에트루리아 장군 아룬스는 몰래 카밀라 주위를 맴돌며 창을 던질 기회를 엿보고 있었다. 승리에 도취한 카밀라는 적장들의 뒤를 쫓느라 아룬스가 자신을 노리고 있다는 것을 전혀 눈치 채지 못했다. 아룬스는 창을 날렸다. 그의 손을 떠난 창은 윙윙 울부짖으며 날아가더니 그녀의 가슴을 꿰뚫었다. 그녀를 몰래 맞힌 뒤 아룬스는 도망가기 시작했다. 자신이 엄청난 일을 해냈다는 생각에 스스로도 두려웠기 때문이었다. 창에 맞은 카밀라는 투르누스에게 자기 대신 아르소니아를 부탁한다는 말을 남기고 숨을 거두었다.

아르테미스의 요정 오피스는 산 위에서 카밀라가 비참한 죽음을 맞이하는 광경을 지켜보았다. 그녀의 입에서 탄식과 각오의 말이 흘러나왔다.

"아, 카밀라. 그대는 트로이인들과 맞서다가 너무나 값비싼 대가를 치렀구나. 그대는 숲에서 홀로 살며 아르테미스 님을 숭배하고 그분의 활과 화살통을 메고 다녔지만 그것들이 그대를 보호해주지는 못하는구나. 하지만 그대는 결코 외롭게 죽음을 맞이한 것이 아니야. 여신께서 직접 그대의 복수를 명하셨으니까!"

오피스는 도망치는 아룬스의 모습이 보이자마자 화살을 날렸다. 그러고는 신음을 흘리며 마지막 숨을 몰아쉬는 아룬스를 그대로 둔 채 올림포스산으로 올라갔다.

전장에서는 우두머리를 잃은 카밀라의 기병대가 먼저 달아나기 시작했다. 루툴리족도 일제히 등을 보이며 달아났다. 트로이 병사들은 도망가는 적들을 뒤쫓아 미처 성안으로 들어가지 못한 적들을 무자비하게 살해했다.

산속 골짜기에 매복해 있던 투르누스에게 이 비참한 소식이 전해졌다. 카밀라가 전사했으며 그녀의 부대가 전멸했다는 소식이. 그는 미친 듯이 노해서 즉시 산골짜기를 빠져나왔다. 그가 들판에 도착하자 아이네이아스도 골짜기를 지나 들판으로 왔다. 그들은 마주서서 서로를 노려보았다. 바로 어우러져 싸울 기세였지만 이미 날이 저물고 있었다. 양쪽 군대는 도시 앞에 진을 치고 방어벽을 구축했다.

운명의 마지막 결투

투르누스는 라틴족의 사기가 떨어진 것을 보고 마지막 결심을 했다. 그는 분노를 삼키며 라티누스 왕에게 말했다.

"당신은 저들과 협상을 하십시오. 나 때문에 협상을 미룰 필요는 없습니다. 하지만 나는 일대일로 아이네이아스와 결전을 벌이겠습니다. 그자를 저승으로 보내 이 모든 치욕을 씻거나 그자의 손에 내가 죽거나 둘 중 하나뿐입니다. 내가 그자의 칼에 목숨을 잃거든 라비니아를 그자에게 주십시오."

그러자 라티누스 왕이 차분한 목소리로 대답했다.

"그대의 용기는 정말 훌륭하오. 하지만 용기만으로 모든 것이 해결되는 것은 아니오. 그대의 아버지 다우누스는 그대에게 왕국을 물려주었고 왕국은 그대 힘으로 훨씬 더 커지고 부강해졌소. 그리고 이 라티움에는 그대에게 어울릴 만한 소녀들이 아직 많소. 내 그대에게 해서는 안 되는 비밀 이야기를 들려주겠소.

나는 내 딸을 이방에서 온 영웅에게 시집보내라는 신탁을 이미 받았소. 예언자들도 모두 그렇게 예언했소. 하지만 나는 그대를 사랑하기에, 또 내 아내가 그대를 사위로 너무나 원하기에 불경스럽게 무기를 들었던 거요. 그 결과 우리에게 어떤 재앙이 닥쳤는지는 그대도 봐서 잘 알거요. 우리는 이미 두 번의 싸움에서 크게 패했소. 이제는 더 이상 저들을 막아낼 길이 없소.

그러니 투르누스, 제발 아이네이아스와 목숨 걸고 싸울 생각 마시오. 내가 어차피 그를 사위로 맞이할 텐데, 굳이 목숨을 내놓으려고 하는 거요? 제발 건강한 몸으로 그를 맞이하도록 하시오. 멀리서 그대를 위해 기도하는 나이 드신 그대 아버지를 생각해서라도 내 말을 들으시오."

하지만 왕의 말은 그의 분노를 누그러뜨리기는커녕 더 키웠을 뿐이었다. 약을 먹여 오히려 병을 악화시킨 셈이었다. 투르누스는 단호한 목소리로 말했다.

"나를 진정으로 염려한다면 내가 죽음과 명예를 맞바꿀 수 있게 해주십시오! 내 팔 힘은 아직 강력하고 내 무기들도 나를 기다리고 있습니다!"

그를 정말 사랑하는 왕비까지 나서서 눈물로 호소했지만 소용이 없었다. 그는 부하에게 명령했다.

"내일 새벽의 여신이 우리에게 다가오는 대로 적진으로 가서 전해라. 우리 루툴리족과 트로이인 모두 무기를 내려놓고 들판에서 쉬게 하자고. 아이네이아스와 내가 일대일로 맞서 싸워 두 사람의 피로 전쟁을 끝내자고. 그 결투에서 라비니아가 누구의 아내가 될 것인지 가려질 것이라고."

명령을 내린 그는 숙소로 달려가 다음 날 결전에 탈 말을 준비시키고 직접 갑옷과 무기들을 챙겼다. 무기들을 챙기는 그의 얼굴은 붉게 달아올라 마치 불꽃이 이는 것 같았다.

아이네이아스도 갑옷과 무기들을 챙기며 전의를 가다듬고 있었다. 그는 일대일 대결로 전쟁을 끝낼 수 있게 된 것이 너무 기뻤다. 그러는 한편 라티누스 왕에게 사절단을 보내 화친의 조건을 알려주었다.

새날이 밝자 트로이인들과 라티움 사람들이 모두 들판으로 모였다. 그들은 결투 장소를 정하고 제단을 마련했다. 함께 제물을 바치는 의식을 치르고 조약을 맺은 다음 두 장군의 일대일 싸움이 벌어질 예정이었다.

아, 그러나 헤라의 분노는 도무지 가라앉을 기미가 없었다! 헤라는 언덕 꼭대기에서 그 광경을 낱낱이 지켜보고 있었다. 그녀는 투르누스의 누이인 샘물의 여신 유투르나를 불러서 말했다.

"유투르나, 제우스 님과 사랑을 나눈 모든 라티움의 여인들 중에서 나는 오직 그대 하나만 좋아했어. 그리고 그대를 여신으로 만들어 하늘나라에 자리를 마련해주었지. 자, 내 이야기를 좀 들어봐. 그대가 알지 못하는 사이에 나는 그대의 오빠인 투르누스를 여러 번 도와주었어. 그런데 지금 그는 자신의 힘으로는 어쩔 수 없는 운명에 맞서 결투에 나서려 하고 있어. 나는 차마 이 싸움을 두 눈 뜨고 볼 수 없어. 저들이 조약을 맺는 모습도 두 눈 뜨고 볼 수 없어. 그러니 가! 가서 오빠를 도와줘!"

헤라의 말에 유투르나가 눈물을 흘리자 여신은 그녀를 독려했다.

"지금은 눈물이나 흘리고 있을 때가 아냐. 오빠를 죽음의 구렁텅이에서 빼내 오든지, 아니면 전쟁을 부추겨 이미 맺은 조약을 깨버리든지 그대 마음대로 해. 그대의 뒤에는 내가 있으니까."

그사이 왕들이 들판에 도착했다. 라티누스 왕은 머리에 빛나는 황금 관을 쓰고 당당하게 사두마차를 타고 왔다. 투르누스는 창 두 자루를 비껴든 채 백마 두 필이 끄는 전차를 타고 왔다. 트로이 진영에서는 아이네이아스가 방패와 갑옷을 번쩍이며 위대한 로마의 또 다른 희망인 아들 아스카니우스를 데리고 들판으로 왔다.

제물을 준비하고 제단에 술을 부은 후 아이네이아스가 말했다.

"신들이시여, 이 자리에 함께하셔서 저희의 증인이 되어주십시오. 만일 투르누스가 승리한다면 저희 트로이인은 에우안드로스가 다스리는 팔란티움으로 물러갈 것이며, 다시는 이곳을 침공하지 않을 것임을 신들 앞에 엄숙히 맹세합니다. 반대로 만약 제가 이긴다면 저는 이곳 사람들에게 복종하라고 요구하지 않을 것입니다. 저를 위한 왕국을 요구하지도 않을 것입니다. 양쪽 백성들은 동등한 조건으로 영원한 평화조약을 맺을 것이며, 라티누스 왕은 저의 장인으로서 통치를 계속하도록 할 것임을 엄숙히 맹세합니다."

이어서 라티누스 왕이 나섰다.

"아이네이아스, 나도 그대와 같이 모든 신들을 증인 삼아 맹세하오. 어떤 일이 벌어지더라도 이 평화조약을 깨는 일은 결코 없을 것이오!"

하지만 이 평화조약을 불안한 마음으로 바라보는 사람들이 있었다. 바로 투르누스가 다스리는 루툴리족 사람들이었다. 그들은 애당초 아이네이아스와 투르누스의 일대일 결투가 투르누스에게 불리하다는 생각을 하고 있었다. 그런데 두 사람 간에 힘에서 차이가 난다는 것을 가까이서 직접 확인하고 나니 불안감이 더 커졌다. 루툴리족 사람들의 마음이 흔들리는 것을 본 투르누스의 여동생 유투르나는 용감한 전사 카메르스의 모습으로 변신한 후 대열 한가운데로 들어갔다. 그러고는 그들을 자극하기 시작했다.

"루툴리족이여, 그대들 자신의 목숨을 구하려고 단 한 사람을 희생양으로 삼는 게 부끄럽지도 않은가! 저 사나운 트로이인들과 에트루리아인들이 우리의 왕 투르누스를 죽이기 위해 저렇게 날뛰고 있는데 가만히 보고만 있을 것인가? 우리가 적보다 훨씬 수가 많은데 이렇게 비겁하게 앉아만 있을 건가? 저들의 노예가 되고 나서 치욕을 씻으려 해봤자 이미 때는 늦을 것이다!"

그녀가 돌아다니며 루툴리족을 부추기자 자신들의 미래에 대한 불안감이 라틴족에게까지 옮아 붙었다. 좀 전까지만 해도 평화를 바랐던 그들이 이제 무기를 들기를 원하고 동맹이 깨지기를 원했다. 그들은 투르누스의 불공평한 운명을 동정했다.

루툴리족과 라틴족 병사들 사이에서 큰 동요가 일었다. 그러더니 누군가가 트로이 진영을 향해 창을 던졌다. 곧장 날아간 창은 한 트로이 병사의 가슴을 꿰뚫었다. 그러자 평화조약을 맺었던 곳은 순식간에 피 터지는 전쟁터로 변해버렸다.

부하들이 무기를 들고 싸움터로 달려가는 것을 본 아이네이아스가 큰 소리로 외쳤다.

"지금 어디로 가는 거냐? 이게 대체 무슨 짓이냐? 조약은 이미 맺어졌으니 그 누구도 이제 무기를 들 수 없다. 오로지 나만이 무기를 들고 투르누스와 싸울 수 있다."

그가 말을 끝내자마자 어디서 날아왔는지 모를 화살이 무릎에 박혔다. 아이네이아스는 진지로 돌아가 상처를 다스릴 수밖에 없었다. 아이네이아스가 물러나고 지도자들이 혼란에 빠진 것을 본 투르누스는 적진을 마구 유린했다. 용맹한 그의 칼날에 수없이 많은 트로이 장군들이 목숨을 잃었다. 투르누스가 달려드는 곳마다 트로이 병사들은 뒤로 물러섰고 대열은 흩어졌다.

무릎에 화살을 맞은 아이네이아스는 막사로 돌아가 상처를 치료하고 있었다. 그는 부러진 화살대를 잡고 화살을 뽑으려

했지만 화살은 꼼짝도 하지 않았다. 아폴론에게 의술을 배운 명의까지 와서 애를 써봤지만 아무 소용이 없었다.

이다산에서 고통스러워하는 아들을 지켜보던 아프로디테가 몸소 약초를 뜯었다. 아프로디테는 검은 구름으로 얼굴을 가리고 내려와 의원 옆 대야에 담아둔 물에 약즙을 탔다. 아무것도 모르는 의원은 그 물로 아이네이아스의 상처를 씻었다. 그러자 거짓말처럼 출혈이 멈추고 상처가 아물었다. 게다가 화살에 손을 대니 미끄러지듯 쑥 빠져나왔다. 그러자 의원이 아이네이아스에게 말했다.

"당신의 상처는 의술이나 인간의 힘으로 나은 것이 아닙니다. 신께서 당신이 다시 큰일을 하도록 힘을 주신 겁니다."

기운을 완전히 회복한 아이네이아스는 다시 전쟁터로 갔다. 트로이 병사들이 적군에게 밀리고 있었다. 그러나 그가 거대한 창을 휘두르며 나타나자 트로이 병사들은 단숨에 사기를 되찾았다. 트로이군은 용기백배해서 적을 향해 돌진했다. 모두들 용감하게 적들을 찌르고 베었다. 그런데 아이네이아스만은 싸움터에 나서지 않았다. 그의 눈은 오로지 투르누스만을 찾고 있었다.

투르누스의 여동생 유투르나는 투르누스의 전차를 모는 병사를 밀어내고는 자신이 직접 말고삐를 잡았다. 그녀는 오빠의 전차를 몰아 전장 한복판으로 달리며 그의 모습을 아군들에게 보여주었지만 직접 싸움에 나서지는 못하게 했다. 아이네이아스가 투르누스의 전차를 발견하고 맹렬히 뒤쫓았다. 유투르나는 재빨리 도망쳤다. 그때 루툴리족 병사 한 명이 아이네이아스를 알아보고 그를 향해 창을 던졌다. 아이네이아스는 방패를 들어 막았지만 창은 방패를 스치더니 투구를 맞히며 깃털 장식을 잘라버렸다. 마침내 그의 분노가 폭발했다. 그는 자제력을 잃고 적진 사이로 뛰어들었다. 아, 분노한 그의 창과 칼 아래 얼마나 많은 적장들이 목숨을 잃었는지! 투르누스만을 노리며 뒤쫓아 오던 아이네이아스가 싸움터로 뛰어들어 무참한 살육을 저지르는 것을 본 유투르나는 전차를 돌려 전쟁터로 향했다. 투르누스는 온 힘을 다해 적들에게 창을 날렸고 수많은 트로이 병사들이 그의 창에 쓰러졌다. 그리하여 두 군대 사이에 한순간도 쉬지 않고 엄청난 전투가 벌어졌다.

이때 문득 아이네이아스에게 한 가지 계책이 떠올랐다. 사실은 그의 어머니 아프로디테가 심어준 계책이었다. 그는 병사들을 불러 모은 뒤 직접 그들을 이끌고 라티움의 도시로 향했다. 도시가 내려다보이는 언덕에서 그는 부하들에게 명령했다.

"모두 내 말을 들어라. 우리는 평화조약을 맺었다. 그런데 저들이 그것을 먼저 깨뜨렸다. 투르누스가 나타나기만 기다리다가는 죽도 밥도 안 된다! 조약을 깨뜨린 저들의 심장부를 공격해 궤멸시켜버려라!"

아이네이아스의 명을 받은 병사들이 라티누스 왕의 성을 향해 진격했다. 갑자기 트로이군이 들이닥치자 라티움 사람들은 혼란과 공포에 휩싸였다. 용감하게 맞서 싸우자는 이들도 있었지만 성문을 열고 항복하자는 이들도 많았다. 그런데 그들에게 정말 불행한 일이 벌어졌다. 왕비가 성안 창문으로 내려다보니 적들만 몰려올 뿐 루툴리족 군대와 투르누스는 보이지 않았다. 그녀는 투르누스가 죽은 줄 알고 대들보에 올가미를 걸고는 스스로 목숨을 끊었다. 부인이 자살하자 정신이 나간 라티누스 왕은 입고 있던 옷을 찢으며 괴로워했다. 일찌감치 아이네이아스를 사위로 맞아들이지 않은 것을 후회하고 또 후회했을 뿐 달리 그가 할 수 있는 건 아무것도 없었다.

투르누스는 멀리 떨어진 들판에서 뒤처져 남은 적군 병사들을 추적하고 있었다. 하지만 왠지 기분이 이상했다. 알 수 없는 두려움도 밀려왔다. 그런데 잠시 후 도시 쪽에서 시끄러운 함성과 소음이 들려왔다. 그가 고삐를 당겨 전차를 세우려 하자 말 모는 병사의 모습으로 변신하고 있던 여동생 유투르나가 말했다.

"투르누스 님, 도시에서 무슨 일이 있건 상관 말고 적 패잔병들의 뒤를 계속 쫓읍시다. 아이네이아스가 우리 편을 괴롭히는 만큼 당신도 저자들을 괴롭혀야 하지 않겠습니까?"

그러자 투르누스가 대답했다.

"동생아, 나는 이전에 네가 평화조약을 깨뜨리려고 나타났을 때부터 너인 줄 알고 있었다. 그러니 이제 여신이 아닌 척해도 아무 소용없어. 올림포스에서 너를 보내 이렇게 수많은 내 동료들이 또다시 죽어가게 만든 건 누구냐? 도대체 누구의 뜻이냐? 이제 내 곁에는 아무도 없어. 사랑하는 동료들은 모두 쓰러졌다. 그런데 나더러 또 도망을 가라고? 등을 돌려 도망친 자로 이름을 남기라고? 동생아, 이제 더 이상 나를 말리지 마라. 난 내 운명이 부르는 곳으로 달려갈 것이다. 달려가서 아이네이아스와 결전을 벌일 것이다!"

말을 마친 그는 전차에서 재빨리 뛰어내리더니 여동생을 남겨둔 채 도시 성벽을 향해 달려갔다. 그곳에서는 쏟아진 피가 내를 이루어 흐르고 있었고 허공에는 수없이 많은 창들이 아직 살아 있는 생명을 노리며 날아가고 있었다. 그는 팔을 휘저으며 큰 소리로 말했다.

"루툴리족이여, 이제 그만 창을 멈추라. 라틴족이여, 이제 우리의 운명은 모두 나 혼자 감당하겠다. 우리의 조약대로 나 투르누스 혼자 아이네이아스와 일대일로 맞서겠다!"

아이네이아스는 투르누스가 자기 이름을 목청 높여 외치는 소리가 들리자 전투를 중단시키고 병사들을 뒤로 물렸다.

드디어 두 영웅이 라티움 성벽 아래 들판에 마주 섰다. 두 사람은 마주보고 내달으며 서로 창을 던지고 방패를 요란하게 맞부딪쳤다. 이어서 칼로 서로를 내리쳤다. 마치 사나운 황소 두 마리가 사생결단의 싸움을 벌이는 것 같았다.

투르누스가 칼을 쳐들고 체중을 실어 힘껏 내리쳤다. 순간 그만 칼이 부러져버렸다. 그는 도망갈 수밖에 없었다. 그는 트로이 병사들과 라티움 병사들이 둥그렇게 둘러싸고 있는 가운데, 때로는 이쪽으로 때로는 저쪽으로 빙빙 돌며 요리조리 도망갔다. 아이네이아스는 그의 뒤를 바짝 좇았다. 투르누스는 도망치며 루툴리족의 이름을 부르며 새 칼을 달라고 외쳤다. 하지만 아이네이아스는 그 누구든 그에게 칼을 주려고 나서기만 하면 당장 요절을 내겠다고 위협했다.

투르누스를 뒤쫓던 아이네이아스가 창을 던졌다. 하지만 창은 올리브 나무 둥치에 박혀버렸다. 그 기회를 틈타 유투르나가 여전히 말 모는 병사의 모습으로 변신한 채 오빠에게 칼을 갖다 주었다. 아이네이아스는 올리브 나무에 박혀 있던 창을 뽑아냈다. 두 사람은 숨을 헐떡이며 다시 칼과 창을 들고 마주 섰다.

전능한 제우스 신이 올림포스 산정에서 아내 헤라와 이야기를 나누고 있었다.

"헤라, 그대는 어떤 결말을 기다리고 있는 것이오? 아직도 그대가 할 일이 남아 있소? 아이네이아스는 조국의 영웅으로 하늘의 부름을 받았고 운명에 의해 하늘의 별로 올라올 것이오. 그러니 투르누스의 손에 저렇게 칼을 다시 들려준들 무슨 소용이 있겠소? 내 분명히 말하리다. 이제 더 이상 투르누스를 돕기 위해 그 어떤 일도 하지 마시오!"

그러자 헤라가 고개를 숙인 채 대답했다.

"위대하신 제우스 님, 전 당신의 뜻을 잘 알고 있었기에 언제나 자제를 했답니다. 유투르나에게 오빠를 도우라고 명령하기는 했지만 아이네이아스를 향해 활을 당기게 하지는 않았지요. 스틱스강에 대고 맹세할게요. 이제 그만 물러나 싸움터를 떠나겠어요. 하지만 한 가지 부탁이 있어요.

저 두 종족이 행복한 결합을 하더라도 이 나라 토박이인 라틴족이 자기네 이름과 언어와 옷차림을 바꾸지는 않게 해주세요. 그들이 트로이인이 되지는 않게 해주세요. 비록 트로이인에 의해 제국이 영광을 떨치게 되더라도 라티움은 계속 남게 해주세요. 트로이는 이미 망했으니 그 이름도 함께 스러지게 해주세요."

그러자 제우스가 대답했다.

"헤라, 그대는 과연 내 누이이자 부인이고 크로노스의 딸답소. 끝까지 자기주장을 굽히지 않으니. 염려 마시오. 내 그대 소원대로 해주리다. 라틴족은 자기 조상들의 언어와 풍습을 유지할 것이고 그들의 이름도 그대로 남을 것이오. 트로이인들은 핏줄로만 그들과 섞일 것이오. 그들은 모두 같은 말을 쓰는 라틴족으로 남을 것이오."

제우스의 말에 헤라는 동의했다. 그리고 복수의 여신을 싸움터로 보내 투르누스의 여동생 유투르나를 강물로 돌아가게 했다.

아이네이아스는 거대한 창을 휘두르며 투르누스에게 소리쳤다.

"투르누스, 무엇을 겁내는가! 자, 그대의 용기와 가진 재주를 다해 어서 덤벼라!"

그러자 투르누스가 거대한 바위를 들어 올리더니 아이네이아스를 향해 던졌다. 하지만 그는 이미 기운이 빠져 있었다. 바위는 아이네이아스 근처에도 이르지 못하고 도중에 힘없이 땅으로 떨어져버렸다. 투르누스는 눈앞에 죽음의 그림자가 어른거리는 것을 느꼈다. 이번에는 아이네이아스가 창을 들어 투르누스를 향해 던졌다. 창은 쉿 소리를 내며 날아가더니 투르누스의 넓적다리에 한가운데를 꿰뚫었다. 거구의 투르누스가 쿵 소리를 내며 쓰러졌다. 그는 가까스로 몸을 일으켜 세우고 아이네이아스에게 간청했다.

"이것은 내가 자초한 일이니 그대의 관용을 빌지는 않겠소. 대신 나이 드신 내 아버지를 생각해서 내 육신을 아버지께 보내주시오. 그대가 이겼소. 내가 패배를 인정하고 손 내미는 것을 아우소니아인들이 모두 보았소. 라비니아는 이제 그대의 아내요."

아이네이아스는 망설이고 있었다. 그는 투르누스의 목숨을 살려주려고 했다. 그때 투르누스의 어깨에서 눈에 익은 칼띠가 번쩍였다. 바로 그가 팔라스를 죽이고 전리품으로 챙겨 늘 어깨에 두르고 다니던 것이었다. 아이네이아스는 칼띠가 눈에 들어오자 다시 분노가 치솟았다. 그의 입에서 터져 나온 대답은

냉혹했다.

"지금 이 칼은 팔라스가 그대를 내리치는 칼이고, 그가 피의 복수를 하는 것이다."

마침내 아이네이아스의 칼이 투르누스의 가슴 깊숙이 파고들었다. 투르누스의 사지가 싸늘하게 식으며 힘없이 무너졌고, 불만에 가득 찬 그의 영혼은 저 어둡고 깊은 지하로 떨어져 내려갔다.

『아이네이스』를 찾아서

『일리아스』와 『오디세이아』를 읽고 『아이네이스』를 읽으면 이 작품들의 작가들이 비슷한 시대 사람일 것이라고 생각하기 쉽다. 이야기가 서로 이어지기 때문이다. 『일리아스』는 트로이 전쟁 이야기고, 『오디세이아』는 트로이 전쟁에서 승리한 그리스 장군 오디세우스가 고향으로 돌아가는 이야기다. 『아이네이스』는 트로이 전쟁에서 패한 트로이 장군 아이네이아스가 이탈리아로 가서 새로운 나라를 세우는 이야기다. 그런데 『일리아스』와 『오디세이아』를 지은 호메로스는 기원전 8세기 사람이고 『아이네이스』를 지은 베르길리우스는 기원전 1세기 사람이다. 게다가 호메로스는 그리스 사람이고 베르길리우스는 로마 사람이다. 시대도 멀리 떨어져 있고 나라도 다른데 세 이야기가 어떻게 해서 이렇게 이어지는 것일까? 그 궁금증을 풀려면 베르길리우스가 누구인지, 그가 왜 『아이네이스』를 지었는지 알아야 한다.

베르길리우스는 로마 최고의 시인이다. 또한 그가 지은 『아이네이스』는 로마 시대 라틴문학에서 가장 위대한 작품이라는 평가를 받는다. 그런데 그가 그렇게 위대한 시인이 될 수 있었던 것은 바로 호메로스의 영향 때문이다. 베르길리우스가 살았던 시대에 호메로스의 작품들은 라틴어로 번역되어 학교에서 교과서로 사용되었다. 하지만 로마에서 호메로스가 진정으로 위대한 작가로 인정받게 된 것은 바로 베르길리우스를 통해서였다. 베르길리우스는 『아이네이스』를 쓰면서 호메로스를 로마라는 위대한 제국의 미래와 신화를 예견한 위대한 작가로 만든다. 바로 아이네이아스라는 인물을 통해서다.

호메로스의 『일리아스』와 『오디세이아』에서 트로이는 멸망한다. 그런데 베르길리우스는 그 패배자를 그냥 패배자로 놔두지 않는다. 베르길리우스는 『아이네이스』에서 패배한 트로이 장군 아이네이아스를 위대한 로마 제국의 건국 시조로 만든다. 트로이 사람 아이네이아스가 세운 나라 로마는 트로이를 멸망

시킨 그리스를 결국에는 지배하기에 이른다. 패배자가 승리자가 되는 것이다. 그런데 재미있는 사실이 있다. 호메로스는 『일리아스』에서 아이네이아스를 단순한 패배자나 도망자가 아니라 트로이의 미래를 짊어질 영웅으로 암시했던 것이다. 베르길리우스는 이 암시를 이어받아 아이네이아스가 짊어진 트로이의 미래를 『아이네이스』에서 바로 로마 건국 이야기로 풀어낸다. 이렇게 해서 트로이와 로마는 만난다. 이렇게 해서 『일리아스』와 『오디세이아』와 『아이네이스』는 이어진다.

작품을 읽어보면 알겠지만 『아이네이스』는 여러 가지 면에서 『일리아스』 『오디세이아』와 비슷하다. 아이네이아스가 멸망한 조국을 탈출하여 신천지를 찾아 헤매는 전반부는 『오디세이아』와 너무 닮았고, 최초의 로마를 세우기 위해 루툴리족의 투르누스와 싸우는 후반부는 『일리아스』를 다시 읽는 듯한 착각에 빠지게 만든다. 그렇지만 『아이네이스』의 주인공 아이네이아스는 『일리아스』의 여러 영웅들이나 『오디세이아』의 주인공 오디세우스와 성격이 대단히 다르다. 우선 『일리아스』의 영웅들은 복수를 위해 전쟁에 나선 인물들이다. 그들은 자신의 명예를 위해 싸운다. 반면에 아이네이아스는 트로이인의 새로운 나라를 건설하기 위해 싸운다. 다음으로 오디세우스는 고향으로 돌아가기 위해 고난의 항해를 한다. 반면에 아이네이아스는 신이 정해준 새로운 터전을 찾기 위해 고난의 항해를 한다. 똑같이 수많은 어려움을 이겨내지만 그 목적이 다르다.

아이네이아스의 목적은 아직 정해지지 않은 미래를 향해 있다. 그에게는 오디세우스처럼 돌아갈 곳이 없다. 오직 불확실한 미래만 있을 뿐이다. 그 불확실한 미래를 향해 확신을 가지고 전진하는 것, 이것이 바로 로마가 세계 제국을 건설한 원동력이다. 베르길리우스가 가장 위대한 로마 시인으로, 그가 쓴 『아이네이스』가 가장 위대한 로마 서사시로 추앙받는 것은 그의 작품을 관통하는 정신이 로마의 정신과 그대로 이어지기 때문이다. 그리고 신천지를 개척하기 위해 위험을 무릅쓰고 모험길에 나서는 것, 이것은 로마의 정신일 뿐 아니라 서양 정신의 중요한 한 뿌리이기도 하다. 콜럼버스가 신대륙을 찾아 나섰을 때도 아이네이아스가 된 기분이었을 것이다. 미국이 개척 정신을 내세웠을 때도 아이네이아스의 모험을 떠올렸을 것이다.

『오디세이아』가 '오디세우스의 노래'라는 뜻을 갖고 있듯이 『아이네이스』는 '아이네이아스의 노래'라는 뜻이다. 앞서 말했지만 아이네이아스는 오디세우스처럼 수많은 고난을 겪으며 항해를 한다. 그리고 오디세우스가 만났던 괴물들도 만나고 그를 사랑하는 여인도 만난다. 또한 오디세우스처럼 저승에도 가본다. 그런데 베르길리우스는 『아이네이스』에서 저승의 모습을 『오디세이아』에서보다 훨씬 자세하게 묘사한다. 13세기 이탈리아의 위대한 시인 단테의 『신곡』은 바로 이 『아이네이스』에 나오는 저승의 모습에서 영감을 받았다. 그래서 단테의 『신곡』에는 베르길리우스가 직접 등장한다. 작품 속에서 시인 단테를 지하세계로 안내하는 인도자 혹은 멘토의 모습으로 베르길리우스가 등장하는 것이다.

그렇다면 저승이란 무엇일까? 바로 죽음 이후의 세계다. 단테는 베르길리우스의 인도를 받아 죽음에 대해, 죽음 이후의 세계에 대해 진지하게 성찰을 한 작가인 셈이다. "죽음에 대해 생각해본 적이 있습니까?"라는 질문을 받으면 아마 많은 사람이 "아니요"라고 대답할 것이다. "살아갈 날이 창창한데 죽음에 대해 생각할 필요가 있어요?"라고 되물을 것이다. 죽음에 관해 생각해본 경험이 있더라도 대개는 무섭게만 느꼈을 것이다. 아니면 나와는 상관없는 일로 넘겨버렸을지도 모른다.

하지만 그렇지 않다. 죽음은 누구나 피할 수 없다. 그래서 외면할 수 없다. 단테가 베르길리우스의 안내를 받아 죽음 이후의 세계에 대한 작품을 쓴 것은 그 피할 수 없는 죽음과 맞서기 위해서다. 죽음을 극복하기 위해서다. 그렇다고 죽음 자체를 모면할 방법이 있는 건 아니다. 대신에 죽음 이후를 상상하면 우리 삶의 질이 달라진다. 우리의 삶을 다른 눈으로 볼 수 있게 되고, 삶 자체를 더 소중히 보듬을 수 있게 된다.

죽음을 경험하고 다시 살아난다는 것이 얼마나 중요한가를 뚜렷하게 보여주는 예가 있다. 바로 예수의 부활이다. 예수는 죽음을 경험하고 다시 부활하면서 진정한 하느님의 아들이 된다. 새롭게 태어난 것이다. 물론 우리 모두가 예수처럼 될 수는 없다. 죽었다가 다시 부활하는 것은 불가능하다. 하지만 죽음에 대해 상상해볼 수는 있다. 죽음 이후의 세계에 대해 그려볼 수는 있다. 그러고 나면 우리는 자신의 삶을 가볍게 여기지 않게 된다. 자신의 삶을 더 가치 있게 여기며 살아가게 된다.

단테는 우리 삶을 더 귀중한 것으로 만들기 위해 '인간에게 죽음이란 무엇인가?'라는 문제를 가장 근본적으로 성찰한 위대한 시인이다. 베르길리우스는 단테를 그 질문의 핵심으로 이끈 인도자이다. 그 점 하나만으로도 베르길리우스는 위대한 작가이며 『아이네이스』는 위대한 작품이다. 이 위대한 작품은 우리를 아직 알 수 없는 우리의 미래로 이끈다. 이 작품을 읽으며 아직 모습을 드러내지 않은 우리 자신의 미래를 꿈꾸어보자! 스스로 미래를 만들어보자! 나의 미래는 바로 나 자신의 꿈에 의해 결정되는 것이니!

마지막으로 한 가지만 일러둔다. 『일리아스』와 『오디세이아』에 그리스어로 나오는 인물들과 신들의 이름이 『아이네이스』에서는 모두 로마식 이름으로, 그러니까 라틴어로 바뀌어 나온다. 호메로스가 그리스 시대 사람이고 베르길리우스가 로마 시대 사람이니 당연한 일이다. 예를 들어 『아이네이스』에서 제우스는 유피테르, 헤라는 유노, 아프로디테는 베누스, 포세이돈은 넵투누스, 헤르메스는 메르쿠리우스로 달라진다. 아이네이아스 역시 아이네아스로 달라진다. 독자들이 헷갈릴 것은 두말할 필요가 없다. 그래서 편의상 이 한국어판 『아이네이스』에서는 인물들과 신들의 이름을 모두 이미 익숙한 그리스어로 바꾸어 표기했음을 밝혀둔다.

아이네이스

생각하는 힘: 진형준 교수의 세계문학컬렉션 4

펴낸날 **초판 1쇄 2017년 9월 1일**
초판 3쇄 2023년 8월 1일

지은이 **베르길리우스**
옮긴이 **진형준**
펴낸이 **심만수**
펴낸곳 **(주)살림출판사**
출판등록 **1989년 11월 1일 제9-210호**

주소 **경기도 파주시 광인사길 30**
전화 **031-955-1350** 팩스 **031-624-1356**
홈페이지 **http://www.sallimbooks.com**
이메일 **book@sallimbooks.com**

ISBN 978-89-522-3730-9 04800
978-89-522-3984-6 04800 (세트)

※ 값은 뒤표지에 있습니다.
※ 잘못 만들어진 책은 구입하신 서점에서 바꾸어 드립니다.